WARRIORS 貓戰士

無星氏族

八部曲之 I

群龍無首

River

晨星出版

特別感謝基立・鮑德卓（Cherith Baldry）

蜂蜜毛：帶黃斑的白色母貓。
火花皮：綠色眼睛的橘色虎斑母貓。
栗紋：暗棕色母貓。
嫩枝杈：綠眼睛的灰色母貓。
鰭躍：棕色公貓。
殼毛：玳瑁色公貓。
梅石：黑色與薑黃色相間的母貓。
翻爪：虎斑公貓。
葉蔭：玳瑁色母貓。
獅焰：琥珀色眼睛的金色虎斑公貓。

貓后　（懷孕或正在照顧幼貓的母貓）

黛西：來自馬場、奶油黃色的長毛母貓。
點毛：帶斑點的虎斑母貓。與已逝的伴侶貓莖葉生下橘白色虎斑小母貓──小鬃、橘色小公貓──小莖、灰點白色小公貓──小灰。

長老　（退休的戰士和退位的貓后）

刺爪：金褐色的虎斑公貓。
雲尾：藍眼睛的白色長毛公貓。
亮心：帶薑黃斑的白色母貓。
蕨毛：金褐色的虎斑公貓。

見習生（六個月大以上，正在接受訓練的貓）

月桂掌：金色虎斑公貓，導師為鼠鬚。
焰掌：黑色公貓，導師為百合心。
雀掌：玳瑁色母貓，導師為煤心。
香桃掌：淺棕色母貓，導師為鷹翼。

本集各族成員

雷族 *Thunderclan*

族長　棘星：琥珀色眼睛的深棕色虎斑公貓。

副手　松鼠飛：綠色眼睛、有一隻白色腳掌的深薑黃色母貓。

巫醫　松鴉羽：藍色眼睛、失明的灰色虎斑公貓。
赤楊心：琥珀色眼睛的深薑黃色公貓。

戰士　（公貓，以及沒有年幼子女的母貓）
白翅：綠色眼睛的白色母貓。
樺落：淡褐色的虎斑公貓。
鼠鬚：灰白相間的公貓。見習生為月桂掌。
罌粟霜：淺玳瑁與白色相間的母貓。
百合心：藍色眼睛、嬌小、帶白斑的深色虎斑母貓。見習生為焰掌。
蜂紋：帶黑條紋、毛色極淺的灰色公貓。
櫻桃落：薑黃色母貓。
錢鼠鬚：棕色與奶油黃相間的公貓。
煤心：灰色的虎斑母貓。見習生為雀掌。
花落：玳瑁與白色相間、帶花瓣形狀白斑的母貓。
藤池：深藍色眼睛、銀白相間的虎斑母貓。
鷹翼：薑黃色母貓。見習生為香桃掌。
露鼻：灰白相間的公貓。
竹耳：深灰色母貓。
暴雲：灰色虎斑公貓。
冬青叢：黑色母貓。
蕨歌：黃色虎斑公貓。

塔尖爪：黑白相間的公貓。

穴躍：黑色公貓。

陽照：棕色與白色相間的虎斑母貓。

貓后

鴿翅：綠眼睛的淺灰色母貓。與伴侶貓虎星生下暗灰色虎斑小母貓——小花楸和淺棕色小公貓——小樺。

肉桂尾：白色腳掌的棕色虎斑母貓。與伴侶貓板岩毛生下棕色小公貓——小杉、灰色虎斑小母貓——小溪、黑色小母貓——小花、灰色小公貓——小語。

長老

橡毛：嬌小的棕色公貓。

影族 *Shadowclan*

族長　**虎星**：深棕色的虎斑公貓。

副手　**苜蓿足**：灰色的虎斑母貓。

巫醫　**水塘光**：帶白斑的棕色公貓。
影望：兩邊腰側有深色條紋的灰色虎斑公貓。

戰士　**褐皮**：綠眼睛的玳瑁色母貓。
石翅：白色公貓。
焦毛：耳朵有撕裂傷的深灰色公貓。
亞麻足：棕色的虎斑公貓。
麻雀尾：魁梧的棕色虎斑公貓。
雪鳥：綠眼睛的純白色母貓。
蓍草葉：黃眼睛的薑黃色母貓。
莓心：黑白相間的母貓。
草心：淺褐色的虎斑母貓。
螺紋皮：灰白相間的公貓。
跳鬚：花斑母貓。
熾火：琥珀色眼睛，白色與薑黃色相間的公貓。
花莖：銀色母貓。
蛇牙：蜂蜜色的虎斑母貓。
板岩毛：毛髮滑順的灰色公貓。
撲步：灰色母貓。
光躍：棕色的虎斑母貓。
鷗撲：白色母貓。

蕁水花：淺褐色公貓。
微雲：嬌小的白色母貓。
灰白天：黑白相間的母貓。
紫羅蘭光：黃色眼睛、黑白相間的母貓。
貝拉葉：綠眼睛的淡橘色母貓。
鶺鴒羽：耳朵黑如鴉羽的白色公貓。
鴿足：灰白相間的母貓。
礫石鼻：棕褐色公貓。
陽光皮：薑黃色母貓。見習生為蜂掌。

貓后 花心：薑黃色與白色相間的母貓。與伴侶貓哈利溪生下白色鼻子的淡紅色小母貓——小脊、和有棕色腳掌及耳朵的白色小公貓——小暮。

長老 鹿蕨：失聰的淺褐色母貓。

見習生 甲蟲掌：黑白相間的公貓，導師為蘆葦爪。
蜂掌：白色和虎斑色相間的小母貓，導師為陽光皮。

天族 *Skyclan*

族長　**葉星**：琥珀色眼睛、棕色與奶油黃相間的虎斑母貓。

副手　**鷹翅**：黃眼睛的深灰色公貓。

巫醫　**斑頤**：腿上有斑點的淺褐色虎斑母貓。
　　　躁片：黑白相間的公貓。

調解者　**樹**：琥珀色眼睛的黃色公貓。

戰士　**雀皮**：深棕色的虎斑公貓。
　　　馬蓋先：黑白相間的公貓。
　　　露躍：健壯的灰色公貓。
　　　根躍：黃色公貓。
　　　針爪：黑白相間的母貓。
　　　梅子柳：深灰色母貓。
　　　鼠尾草鼻：淺灰色公貓。
　　　鳶撓：紅棕色公貓。
　　　哈利溪：灰色公貓。
　　　櫻桃尾：毛髮很蓬、玳瑁色和白色相間的母貓。
　　　雲霧：黃色眼睛的白色母貓。
　　　流蘇鬚：帶棕斑的白色母貓。
　　　龜爬：玳瑁色母貓。
　　　兔跳：棕色公貓。
　　　鷦翔：金色虎斑母貓。
　　　蘆葦爪：嬌小的淺色虎斑母貓。見習生為甲蟲掌。
　　　薄荷毛：藍眼睛的灰色虎斑母貓。

蕨紋：灰色的虎斑母貓。

花蜜歌：棕色母貓。

貓后　**雲雀翅**：淡褐色的虎斑母貓。她生下灰色虎斑小公貓——小紋和黑白色小公貓——小河。

長老　**鬚鼻**：淺棕色公貓。

金雀尾：藍色眼睛、毛色極淡、灰白相間的母貓。

見習生　**哨掌**：灰色虎斑母貓，導師為隼翔。

風族 *Windclan*

族長　**兔星**：棕色與白色相間的公貓。

副手　**鴉羽**：深灰色公貓。

巫醫　**隼翔**：灰毛帶白色雜毛、像是披了紅隼羽毛的公貓。
見習生為哨掌。

戰士　**夜雲**：黑色母貓。

斑翅：帶雜毛的棕色母貓。

蘋果亮：黃色虎斑母貓。

葉尾：琥珀色眼睛的深色虎斑公貓。

木歌：棕色母貓。

燼足：有兩隻深色腳掌的灰色公貓。

風皮：琥珀色眼睛的黑色公貓。

石楠尾：藍色眼睛的淺棕色虎斑母貓。

羽皮：灰色的虎斑母貓。

伏足：薑黃色公貓。

歌躍：玳瑁色母貓。

莎草鬚：淺褐色的虎斑母貓。

振足：棕白色公貓。

微足：胸口有星形白毛的黑色公貓。

燕麥爪：淡褐色的虎斑公貓。

呼鬚：深灰色公貓。

夜天：藍色眼睛的深灰色母貓。

風心：棕色與白色相間的母貓。見習生為灰掌。

長老　苔皮：玳瑁色與白色相間的母貓。

見習生　霜掌：淺灰色母貓，導師為蛾翅。

靄掌：玳瑁色和白色相間的虎斑母貓，導師為冰翅。

灰掌：銀色虎斑公貓，導師為風心。

河族 *Riverclan*

族長　**霧星**：藍色眼睛的藍灰色母貓。

副手　**蘆葦鬚**：黑色公貓。

巫醫　**蛾翅**：琥珀色眼睛、帶斑點的金色母貓。見習生為霜掌。

戰士　**暮毛**：棕色的虎斑母貓。

鯉尾：深灰色和羽白色相間的母貓。

錦葵鼻：淺棕色的虎斑公貓。

黑文皮：黑白相間的母貓。

豆莢光：灰白相間的公貓。

閃皮：銀色母貓。

蜥蜴尾：淺褐色公貓。

噴嚏雲：灰白相間的公貓。

蕨皮：玳瑁色母貓。

水花尾：棕色虎斑公貓。

霧鼻：灰白色母貓

兔光：白色公貓。

松鴉爪：灰色公貓。

冰翅：藍色眼睛的白色母貓。見習生為霧掌。

捲羽：淡褐色母貓。

鴞鼻：棕色的虎斑公貓。

金雀花爪：灰色耳朵的白色公貓。

月池
被遺棄的
兩腳獸巢穴
天族營地
貓戰士
部族地圖
舊雷族小徑
雷族營地
天空橡樹
湖
風族營地
斷半橋
兩腳獸地盤
轟雷路
雷族
河族
影族
風族
天族
星族
北方

綠葉
兩腳獸地盤
兩腳獸巢穴
兩腳獸小徑
兩腳獸小徑
空地
影族營地
半橋
小轟雷路
綠葉
兩腳獸地盤
半橋
貓戰士視角
小島
小河
河族營地
馬兒地盤

被遺棄的
工人小路
採石路（廢棄）
水晶池
礦場
兔丘林
聖域湖
兔丘
兔丘
馬廄場
兔丘路
兩腳獸
地形圖
落葉林區
松樹林
沼澤
湖
小路
北方

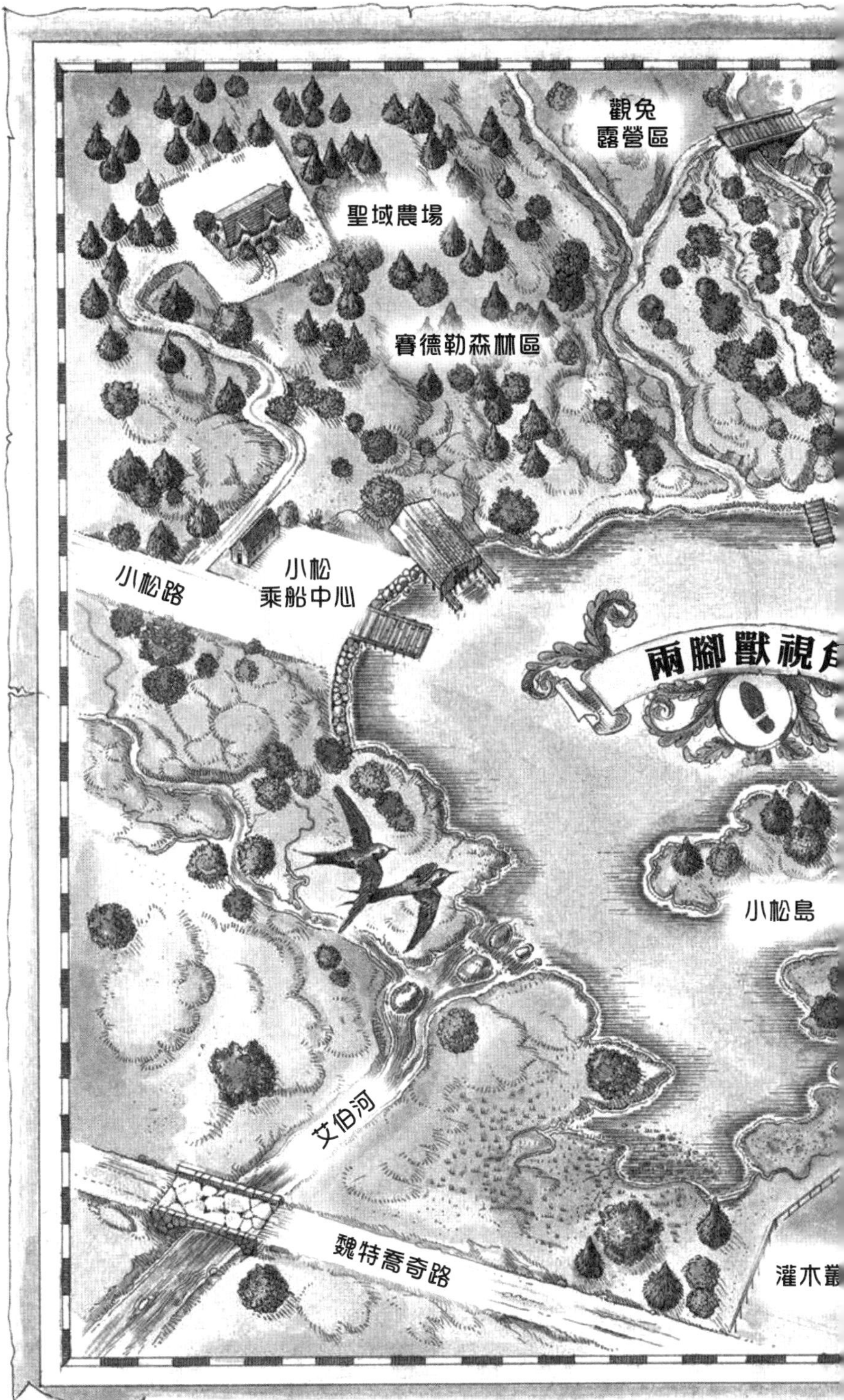
觀兔
露營區
聖域農場
賽德勒森林區
小松路
小松
乘船中心
兩腳獸視角
小松島
艾伯河
魏特喬奇路
灌木叢

序章

一輪圓月浮在樹梢之上，在大集會的上空灑下寒冽的月光。貓群圍繞著大橡樹，族長們蹲伏在大橡樹的枝椏間，其身影在落葉季剛轉金黃和棕橙的樹葉之間若隱若現，只有那亮如星月的眼睛洩露出他們的蹤跡。

影族貓最後抵達，此刻還在貓群裡蠕動前進，尋找落腳的位置。一隻黑白相間的公貓往後退一步，用目光掃過貓群，直到落在一隻天族母貓身上。她那帶著棕色斑紋的白色毛皮在月光下閃閃發亮。他喉嚨喵嗚地哼了一聲。

母貓微微抬頭，與他目光交會，隨即默不作聲地也往後退，一直退到空地邊緣一株灌木的陰影下。公貓跟了過去，兩隻貓兒並肩而坐。

「我還以為你們永遠不會來了。」母貓低聲說道。

公貓感覺得到她溫熱的氣息徐徐吐在他耳畔，不禁微微顫抖。「虎星就愛這樣閃亮登場。」他回應道。

他剛說完，樹枝上的影族族長便高高站起，發出一聲響亮的嚎叫。「各部族的貓兒，」他喵聲道，喧鬧聲跟著平息下來，「歡迎來到大集會。」

雷族族長棘星第一個報告，但他的報告內容對這隻影族公貓來說只像溫暖的和風輕拂過毛髮，絲毫未能引起他的注意，因為他所有的心思都放在身旁的母貓身上。

與她在一起的喜悅幾乎像是某種痛楚。他想起他們相愛的點滴，當初是怎麼從大集會裡那些目光交會和短暫交談開始的，後來又怎麼設法在湖邊部族的交界處偷偷見面。他們的每一次相會感覺都如此珍貴，但又覺得對各自的部族太不忠誠。

要是我們的親族和部族知道了，會怎麼說呢？

這隻影族公貓暗地裡希望這一切都會有圓滿的結果。畢竟他的族長虎星也曾愛上雷族貓，而對方也為了跟他廝守而離開自己的原生部族。不過他也記得影族花了很長時間才終於接受鴿翅。

我們都忠於自己的部族，他滿眼愛意地看著天族母貓，同時思忖著。**我們也都不想失去自己的親族，或者朋友。**

他的目光耽溺在她那柔美的頸部曲線上，腦海裡又浮現她曾來影族協助看守冒牌貨灰毛的情景，當時灰毛被囚禁在影族。公貓一想到那隻邪惡的貓靈在騙術被揭穿之前，曾靠佔據棘星的軀體而當上雷族族長，便忍不住發抖。在灰毛掌權的那段期間，曾經為了徹底清除破壞戰士守則的貓兒，幾乎毀掉所有部族。

對所有部族來說，那是一段可怕的經歷，但公貓有點愧疚，因為那段時光對他和這隻棕白相間的母貓來說，卻是如此美好。曾經他們能期待的只有在兩族的邊界旁匆匆見上一面。可是當灰毛成了影族的階下囚，並委由其他部族的戰士輪流看守時，她便能因職責所在而進駐影族營地，他們也才有了難得的機會可以並肩而坐地交談，不必再覺得那是在偷偷佔據了自己部族的時間。

最棒的是，他們原本很害怕最後會被貼上「守則破壞者」的標籤，如今這個恐懼就像綠葉季洪水裡的小樹枝一樣被沖走了，徹底消失。戰士守則會有所改變，星族將不再禁止他們廝守一起。

天族母貓戳了戳他的腰側，瞬間打斷公貓的思緒。「別魂遊了！」她低聲說道，眼裡閃著光芒，尾巴興奮地微微抽動，「霧星要談怎麼改變戰士守則了，這正是我們今天來的目的啊！」

灰毛被擊敗後，幾隻存活下來的貓兒被特許進入星族的狩獵地。當他們回來後，便被賦予了「迷霧之光」（Lights in the Mist）的封號，並帶回一個將會改變所有部族的計畫。

這計畫尤其有利於像我們這樣的貓兒，公貓一邊想著，一邊深情地看了母貓一眼。

公貓抬頭看見河族族長霧星緩步走向樹枝末端。這是他第一次意識到她看起來竟如此憔悴。她鼻口四周的毛髮已被歲月染成灰白，曾經濃密美麗的藍灰色毛髮如今變得黯淡稀疏。但她仍以一族之長的威嚴之姿俯視貓群，開口發言。

影族公貓與天族母貓滿心期待地互看一眼，隨即將所有注意力都放在霧星身上。其他貓兒也都如此。沒有任何貓兒留意到他們兩個。他們默默地往彼此靠得更近，尾巴交纏在一起。

黑白相間的公貓心跳劇烈到彷彿心臟可能隨時會從胸膛裡跳出來。**一切就要改變了……**他告訴自己，**哦，星族，不管怎麼樣，請讓我們在一起吧。**

第一章

蹲在生鮮獵物堆旁的焰掌（Flamepaw）撕咬了一口腳下的老鼠，但鮮美多汁的鼠肉在他嘴裡卻像枯葉一樣無味，就連吞下時，都像是一塊石頭掉進肚子裡。他滿腦子都是他的戰士資格評鑑，這個評鑑會將在他跟其他見習生進食完後立刻展開。

跟他同窩長大的養兄弟月桂掌（Baypaw）也在旁邊分食這隻老鼠，這時他突然停下來，很是精神地晃動後腿，然後猛力一躍，撲向雷族營地地面上的一顆小石子，用前爪緊緊抓住。

「逮到了！」他大叫道，「這可是我最棒的一次撲擊！」他再次大聲說道，隨即跳回焰掌旁邊，眼裡閃著興奮的光芒，「我一定會抓到很多獵物！有老鼠和松鼠，當心點！月桂掌要來抓你們囉！」

「最好是啦！」焰掌低聲嘟囔。

月桂掌蹲在他旁邊，用鼻頭友好地輕輕蹭他，露出要他放心的目光。「嘿，別擔心，」他喵聲道，「你不會有事的。你是很厲害的狩獵者。」

焰掌點點頭，勉強自己再咬一口鼠肉。他想轉移自己對即將到來的評鑑的注意力，於是將耳尖轉向附近一群正在分食獵物的資深戰士。他們正挨著頭，看起來似乎有場嚴肅的對話。

「我不知道我對戰士守則的改變要怎麼想，」樺落不安地喵聲道，「尤其是我們可以罷免族長的這件事。這就好像……好像是在告訴太陽不要再發光一樣！」

藤池不以為然地冷哼一聲。「當初我們不是巴不得擺脫灰毛嗎？」她指正道，「即便當時我們還以為他是棘星呢！他像腦子有蜜蜂一樣，一股腦兒地將貓兒流放在外，懷疑我們全都不忠，但我們還是繼續接受他當我們的族長，結果害貓兒因此喪命。」

「但我們有多常會遇到像灰毛這種貓呢？」樺落問道。

「一次就夠多了，」刺爪輕輕彈動耳朵回應道，「我覺得藤池說得對。」

「可是灰毛並不是真正的族長，」樺落堅持道，「如果他沒偷走棘星的軀體，不會有貓兒接受他的。而且星族也從來沒給過他九條命和封號。但是新的規定是說我們可以罷免受到星族認可的族長，這是完全不同的兩碼事。」

「你說得有道理。」刺爪勉強承認道。

「不過……」藤池喵聲道，「星族也不全然都是對的。第一個虎星不是也被賜予了九條命？」

「那倒是真的。但如果有一個部族罷免了自己的族長，不曉得他的九條命會怎麼樣？」櫻桃落喵聲道，「那些命都是星族給的，普通的貓兒應該奪不走吧？」

「如果那個族長像灰毛一樣邪惡，我們倒是可以試試看。」鼠鬚喵聲道，同時伸出爪子。他眼裡閃著怒光，這令焰掌想起這位戰士曾因灰毛的謊言而失去兩個親手足。

那群貓裡頭有兩三隻貓兒驚訝地倒抽口氣，焰掌和他的養兒弟也驚恐地對看一眼。

「族長就是族長，」蜂紋堅定地說道，同時怒瞪那隻灰白相間的公貓，「你不能不服從族長，也不能罷免族長，更絕對不能殺害族長，那會害你死後淪落至黑暗森林。」

「別激動，」刺爪用尾巴彈了一下那隻年輕公貓，年輕公貓帶著被冒犯的神情往後仰，「你不了解黑暗森林──不像我和藤池那麼了解。更何況戰士守則也絕對不會那麼死板。你們當中有很多貓兒都太年輕，所以不記得，但我永遠忘不了以前在舊森林時，影族曾趕走他們的族長破星，不過他是活該啦，若是說有哪隻貓應當被趕走，那絕對非他莫屬。但是星族並沒有收回他的九條命，也沒有把九條命賜給影族的下一任族長夜星，哪怕破星早已不再是族長。」

目前為止始終默然傾聽的獅焰若有所思地伸舌梳理起自己的金色毛髮，「刺爪，時代不同了，」他的聲音溫厚，「現在星族可能會同意收回九條命了。畢竟是祂們鼓勵『迷霧之光』為戰士守則做些變革。」

刺爪惱怒地彈動耳朵。「我真希望灰紋能在這裡解釋清楚，」他嘟囔道，「他知道當年事情是怎麼一回事。我就是搞不懂黑暗森林裡到底發生了什麼事，我真希望自己能搞懂。」

「很多貓兒也都想知道啊，」獅焰回答，「但我們必須相信族長們都懂，而且會做出正確的決定。」

刺爪就只哼了一聲回應。

「焰掌，你有什麼看法？」月桂掌嚼著滿嘴鼠肉，含糊不清地問道，「我們應該有權利罷免我們的族長嗎？」

焰掌把注意力從資深戰士的對話那裡收了回來。「當然應該有，」他回答道，並多少希望那群資深戰士有聽到他說的話，「只是我覺得這樣還不夠。要是我們能夠定期更換族長，也許各部族的運作會更好。」

月桂掌驚訝得瞪大眼睛，差點被嘴裡的鼠肉噎到，好不容易才吞下去。「你說什麼？你不會是認真的吧？」

「要不然怎麼辦？」焰掌有些防備地喵聲說道，「我們現在的方法是：被前任族長挑中的貓兒可以支配所有貓，直到用完九條命為止。這哪算公平啊？」

他的養兄弟終於回過神來，翻了個白眼。「你最好別說那麼大聲，」他提醒道，「別忘了我們的族長棘星還是你的親族呢！」

焰掌聳了聳肩。「反正也不會有貓兒聽我的。」他悻悻然地低聲說道。

焰掌勉強自己再多吞下一口鼠肉，同時心裡暗自希望大家不要再因他的血緣關係來評判他。他的母親是火花皮，也是族長棘星的女兒，至於副族長松鼠飛則是火星的女兒，而火星是森林裡有史以來最偉大的族長。沒有任何貓兒能明白，擁有這樣的血緣對他來說有多沉重。

我甚至算是以火星的名字來命名的，焰掌心想道。他低頭注視著自己的黑色腳爪，同時又在心裡想，**這還挺奇怪的，我的毛色一點也不像火焰色。我想那是因為火星太偉大了，以至於火花皮覺得讓每隻貓兒都記得我是他的親族，這要比認識我真正的樣子來得更重要吧。不過我倒是好奇我父親是不是也認同這種做法。**

多數貓兒從來不提焰掌的父親雲雀歌，而雲雀歌在焰掌還沒來得及認識他之前就過世了。焰掌的導師百合心是雲雀歌的母親，有時候她會跟焰掌說一點他的故事。**也許雲雀歌會很懂我，**焰掌很是憧憬地想道，**百合心說我看起來很像他。**

他吞下最後一口鼠肉；月桂掌已經吃完了，正坐起來清理自己的鬍鬚。焰掌伸舌舔舔下巴，這時他的母親火花皮朝他們走過來。

「祝你們評鑑順利。」她喵聲道。

「謝謝妳，火花皮！」月桂掌興奮地跳起來回答。

焰掌禮貌地低下頭：「謝謝妳。」

「我相信你一定會表現得很棒！」火花皮告訴他。

焰掌多希望自己在母親面前不會感到那麼僵硬和不自在。他知道火花皮愛他。**她是我的母親，當然得愛我。**但他不確定她是否喜歡他。有時候他覺得火花皮不夠了解他，以至於無從喜歡他。

火花皮並沒有在他還很小的時候就親自撫育他，當時她因太難過他父親雲雀歌和他的另一個同窩手足小閃光（Flickerkit）的去世而深陷憂鬱中，只能交給栗紋代為撫養。後來火花皮和焰掌僅存的同窩手足雀掌（Finchpaw）因為被冒牌貨灰毛共同流放在外，使得母女感情越來越親，而焰掌卻被獨留在雷族營地裡。也許就是因為他自小便跟火花皮分隔兩地，才會一直覺得自己和她不是很熟，甚至不確定自己是否想要多認識她。他一方面因為她是自己的母親而渴望得到關注，但另一方面又因為她曾經離他而去以致心生怨恨。

此刻火花皮似乎也不知道該對他再說什麼。正當焰掌仍很尷尬地默默站在原地時，她卻也只是向他點個頭，便穿過營地，朝正在分食獵物的雀掌和香桃掌（Myrtlepaw，月桂掌的同窩手足）走了過去。焰掌立馬看出離開後的火花皮瞬間放鬆了許多，她與雀掌蹭蹭鼻子，還親暱地舔了舔她的耳朵。

焰掌移開目光，瞄到了月桂掌和香桃掌的母親栗紋……曾經撫育過他和雀掌的栗紋。此刻她正朝著他和月桂掌揮動尾巴，以示鼓勵。焰掌微微低頭回應，卻也長嘆口氣，**有時候我真希望栗紋才是我的母親。**

他的導師百合心已經在營地入口附近等候。焰掌看到她的時候，月桂掌的導師鼠鬚和雀掌的導師煤心也都正朝著百合心走去。過了一會兒，香桃掌的導師鷹翼也從戰士窩裡鑽出來，迅速穿過營地，加入其他導師的行伍。

「來吧，焰掌！」百合心喊道，「該出發了！」

焰掌趕緊站起來，這時其他導師也開始召喚自己的見習生，於是他跟著其他年輕貓兒一起朝營地入口走去。「祝你好運」的喵叫聲從空地四周的族貓那裡此起彼落地傳來，迴盪在耳畔。焰掌覺得剛剛的自艾自憐宛若水滲入乾裂的土裡瞬間消失不見了，取而代之的是從耳朵一直蔓延到尾尖的緊張與興奮。

營地外面的四位導師和他們的見習生分別朝不同方向離開。但月桂掌跟著鼠鬚離開前，竟先停下腳步，輕輕蹭了蹭焰掌，要他放心。「你一定行的。」他喵聲道。

「你也是。」焰掌回應，同時把鼻口緊貼在月桂掌肩上。然後才跟著百合心走進森林，朝湖的方向前進。

等到其他貓兒的氣味和腳步聲都消失之後，百合心停下了腳步。「好了，你去狩獵吧，」她告訴他，「你不會看到我，但我會暗中觀察你。我希望你能捕捉到很多獵物，這樣我們就能讓營地裡的所有貓兒對你刮目相看，知道你的狩獵本領有多出色。」

百合心的歡欣語調以及對他寄予厚望的樣子，激起了焰掌的雄心。**我一定要抓到一個真正了不得的獵物！**

他站立不動，全身感官高度警戒。他張開下顎舔聞空氣，多汁的獵物氣味迎面撲來告訴他，今天會是狩獵的好日子。

他幾乎立刻就辨識出老鼠的氣味，還聽到沙沙聲響。他放輕腳步往前移動，找到落葉堆裡的聲音源頭，甚至看得到葉子在顫動。**老鼠就藏在裡面——說不定還不止一隻呢！**他迅速低下身子，擺出狩獵者的蹲姿，但這時竟又猶豫了。老鼠不算是特別了不得的獵物。**任何笨毛球都抓得到老鼠！**光靠抓幾隻普通的獵物來通過評鑑對他來說並不夠；他想要讓百合心對他真正另眼相看。

焰掌直起身子，繼續往森林深處走去，甚至無視另一隻老鼠以及一隻從路邊急竄而過的尖鼠，後者根本是直接撞上他的爪子。

也許抓隻鳥會不錯，他心想，**牠們更難抓。**

焰掌又往前走了幾步，繞過一叢荊棘的邊緣，發現一隻松鼠正用前爪抓著某樣東西在啃，距離最近的一棵樹還有好幾根尾巴的距離。**牠看起來肥美又多汁！帶這獵物回去**

一定很了不起。

焰掌小心翼翼地擺好姿勢，悄悄向前移動，確認自己位在松鼠的上風處，並盡可能輕放腳爪。松鼠似乎沒察覺到他，所有注意力都擺在牠爪間的東西上。

但就在焰掌走到足以撲上去的距離時，他突然想起一招他曾跟月桂掌練習過一兩次的動作。百合心從來沒見過，**這一招肯定會令她刮目相看！**

於是焰掌放棄匍匐的姿勢，直接往前一躍，猛地一跳……但不是瞄準松鼠，而是牠背後那棵樹。他打算撞擊樹幹後立刻旋身彈回來，截斷松鼠的逃生路線。

可這驚天的招式並沒成功。焰掌撞擊到樹幹的那瞬間，爪子戳到自己，頓時一陣劇痛從他的腿一路蔓向肩膀。他倒抽口氣，試圖在彈離樹幹時調整姿勢，卻意外被自己的腳爪纏住，完全誤判了整個跳躍動作，重摔在樹根間的地面上，痛到差點喘不過氣來。而那隻松鼠立刻從他身上一躍而過，飛快奔上樹幹，停在低矮的樹枝上，對著焰掌一陣吱吱咒罵，然後就消失在葉叢裡了。

焰掌費力地站起來，好不容易才喘口氣，毛髮上沾滿樹根的碎屑。更糟的是，他全身上下都因羞愧而發燙，因為他知道百合心一定目睹了這一切。她肯定有看到他是如何搞砸這個動作；更慘的是，他和松鼠這樣驚天動地的一搞，把附近聽得到聲響的獵物全都嚇跑了。

焰掌抖掉身上的泥沙和葉渣，繼續緩步前行，並下定決心，一定要有幾次成功的獵捕……簡單的獵捕就好，任何訓練有素的戰士都能完成的那種獵捕。**別再炫技了，**他不客氣地提醒自己。

他在一叢蕨葉旁停下來，豎起耳朵聆聽藏在蕨叢深處的獵物聲響。他什麼也沒聽見，可是當他穿過蕨叢走到另一頭時，立刻瞄見一隻喜鵲正在幾隻狐狸身長之外的地上啄食，令他喜出望外。

焰掌全身興奮地顫抖。這又是一個了不得的獵物！他再次擺出狩獵者的蹲姿，小心翼翼地檢查自己的爪子是否收好，尾巴是否緊貼身側，然後一步一步偷偷摸摸地向喜鵲逼近，生怕驚動牠。

我一定要抓到這一隻！

他向前伸出一隻腳爪，差點踩到一片蜷曲的樹葉，還好踩下去之前及時收回，沒有驚擾到獵物。他竭力忍住，偷偷摸摸地挺進，儘管他很想直撲上去，將利爪直接插進喜鵲身上。

焰掌很確定自己沒有發出任何聲響，但就在他快要抵達最佳的撲殺點之前，喜鵲竟抬起頭來，側著腦袋，好像聽到了什麼。**牠要飛走了！**焰掌猛地往前一躍，爪子擦過喜鵲的尾巴，後者撲撲拍翅飛離現場，發出刺耳的叫聲，只留下一根羽毛被焰掌的爪子按在地上。

「狐狸屎！」他怒吼道。

他懊惱地瞪著鳥兒飛走，但隨即強迫自己重新集中注意力，他表情不屈地隔著樹叢窺看。那隻鳥兒吵鬧的逃跑聲響肯定又把附近的多數獵物嚇跑了。焰掌的肚子因沮喪而開始翻攪，但還是得再次出發。他清楚知道太陽已經快爬到最高點，隨時可能看到百合心前來與他會合。

而我還沒抓到任何一隻獵物，哦，星族，拜託送給我一點什麼吧……任何獵物都好，拜託！

焰掌繼續前進，他聞到了老鼠的氣味，並看見一隻瘦巴巴的老鼠正在一棵冬青樹底下刨抓地面，頓時鬆了口氣。這次他小心翼翼地向前滑進，幾乎不敢呼吸，爪子輕輕掠過地面。他乾淨俐落地撲殺了這隻獵物，與此同時，竟有另一隻老鼠從隱密處竄了出來，焰掌迅速揮出伸長的利爪，將牠逮個正著。

「謝謝星族賜予這些獵物。」他衷心感恩地低聲說道。

但他知道自己表現得不夠好，更糟的是，他因為自己的愚蠢而錯失了那隻松鼠和喜鵲。**我本來可以表現得更好。**他只希望還有足夠的時間可以為這可憐兮兮的獵捕成果再多添一些斬獲。

他迅速挖出一個洞，準備先把兩隻老鼠埋起來，這時忽然聽到身後傳來百合心喊他名字的聲音。他一轉身，就看見導師從樹叢裡鑽出來。

焰掌一看到百合心的眼神，尾巴立刻垂了下來：那是一種同情夾雜著失望的表情。他全身因羞愧而發燙。他不需要她說出口，也知道自己的評鑑失敗了。

我知道我失敗了。而且我知道是我活該。

第二章

「站好別亂動。」捲羽喵喵說道。她伸長舌頭，以熟練的動作舔著霜掌（Frostpaw）淺灰色的毛髮，「妳知道妳必須看起來特別整潔乾淨。因為今天是很重要的日子。」

霜掌照母親的吩咐乖乖站好，儘管她感覺肚子裡像塞滿蝴蝶一樣。她全身上下興奮到很想跳起來大聲尖叫，甚至追著自己的尾巴跑。

但我不能再這樣了，她告訴自己，**我已經不是小貓，等這一天結束，我就正式成為巫醫貓見習生了！**

在過去四分之一個月裡，霜掌一直在巫醫窩裡協助蛾翅，現在她已經準備好首度前往月池，參加半月集會。她會在那裡見到其他部族的巫醫貓，並舉行屬於她自己的見習生儀式。

「我等不及了！」她興奮地喊道，忍不住激動地蠕動身子，「但我也有點害怕。」

「亂講，妳會沒事的，」捲羽回應她，尾巴輕輕拂過霜掌的腰側，「我們不是一直都很清楚妳很特別嗎？星族不是已經選定妳當河族的巫醫貓了嗎？」

「妳覺得星族真的選定我了嗎？」霜掌低聲問道。

「當然選定了！妳還記得妳夢到松鴉爪把妳單獨留在營地裡嗎？然後幾天後他就過世了。」捲羽一提到她的伴侶貓，也就是霜掌的父親，語調立刻溫柔了起來。霜掌低下頭。松鴉爪死的時候她還很小，以至於對父親的記憶寥寥無幾，但她有時候也會想，如果他還活著，她的生活會不會不太一樣？她的母親還會這麼保護她和她的同窩手足嗎？

捲羽旋即又以較為輕快的語調繼續說道：「幾天前的那場大雷雨也是妳預測到的。而且過去這幾天妳一直在蛾翅的窩穴裡努力學習藥草和治療的知識。妳甚至還幫豆莢光拔出腳墊裡的刺。妳一定會成為出色的巫醫貓。」

霜掌很是感激她母親的鼓勵，身子偎進母親柔軟的淡褐色毛髮裡，喉間發出快樂的喵嗚聲。**捲羽是一隻了不起的貓。如果她相信我能做到，那我一定能做到。**

捲羽用舌頭迅速舔了舔她的耳朵，完成最後的梳理。這時霜掌看到河族族長霧星從她窩裡走出來，副族長蘆葦鬚緊隨在後。

「今天狩獵成果不錯，」霧星喵聲道，「生鮮獵物堆得很滿。不過蘆葦鬚，你派出邊界巡邏隊時，一定要交代他們查看一下那隻獾還在不在附近。」

「好的，我知道了。」蘆葦鬚回答。他甩了甩尾巴就走開了，邊走邊大聲召集族貓們前來集合。

霜掌看著她的族長，不禁在想，她的聲音聽起來怎麼如此疲憊？而且她看起來越來越消瘦和虛弱。**我好奇她還剩幾條命。也許等我當上巫醫貓後，我就會知道像這樣的事情了吧！**

她的思緒被身後一個尖銳的聲音打斷。「來吧，霜掌，別再魂遊了，該出發了。」

霜掌霍地轉身，看見河族巫醫貓蛾翅就站在她身後，雖然她那雙美麗的琥珀色眼睛透露出一絲不耐，但仍友善地用尾尖輕碰霜掌的肩膀。

「她已經準備好了，」捲羽喵聲道，並用臉蹭了蹭霜掌以示告別，「我知道妳會表現得很好。」她喵嗚道。

霜掌抖了抖毛皮，這時聽到一陣腳步聲。河族幾名新進的見習生——她的同窩手足靄掌（Mistpaw）和灰掌（Graypaw）——都衝到她旁邊。

「祝妳好運！」靄掌激動地喵聲喊道。

「是啊，妳一定沒問題的，」灰掌補充道，「到目前為止，妳幫了蛾翅這麼多忙，又表現得這麼好，其他巫醫貓怎麼可能不接受妳？」

霜掌轉身跟著她未來的導師走出營地，然後回頭瞥了一眼。「哦，我希望你們是對的！」她滿懷希望地喵聲道。

當蛾翅帶著她穿過河族領地，朝馬場方向走去，再沿著風族的湖岸前行時，太陽正慢慢西沉。霜掌走在蛾翅肩側，很努力地讓自己不要被四周空曠的空間給嚇到。這是她第一次離開營地，她從來沒想到荒原會如此陡峭，湖泊會如此遼闊，夕照下，湖面一片豔紅，映出壯闊的景致。

「巫醫貓有權穿越其他領地，」蛾翅過了一會兒後告訴霜掌，「但即便如此，最好還是靠著湖邊走。很多風族貓的脾氣不好，沒必要激怒他們。」

霜掌嚴肅地點點頭，每次蛾翅教她巫醫貓的一些規矩時，她就會覺得自己真的很特別。**我會學到好多好多！**

蛾翅這時跳進了風族和雷族邊界上的溪流裡，霜掌緊跟在後，毛皮瞬間被落葉季冰冷的溪水浸透的感覺害她嚇了一跳，但也漸漸適應。**一旦習慣了，感覺還挺舒服的。**

她們在荒原上越走越遠，霜掌這才意識到自己已經聞不到風族的邊界記號了。「為什麼風族不再標記他們的邊界？」她問蛾翅。

「因為我們已經離開風族的領地，」蛾翅回答，「也走出所有部族的領地了。」

霜掌倒抽口氣，興奮到幾乎忍不住想跳起來。**這不僅是我第一次離開營地，**她告訴自己，**也是我第一次離開部族貓的領地。真等不及要告訴靄掌和灰掌，然後看他們的反應是什麼！**

但霜掌很快就忘了想跳起來的這件事。因為當她和蛾翅爬上荒原裡長長的坡地時，腿就越來越酸了，但她不敢開口要求休息。她知道若是她母親在，早就會在她需要開口前就停下來，還會把身子捲起來幫她擋風。但蛾翅此刻正全神貫注地前往她們要去的目的地。這令霜掌覺得她有點可怕，但同時也喜歡蛾翅這種認定她一定跟得上的態度。

她已經不再當我是小貓了。

「等我們到了月池後，會遇到什麼事呢？」霜掌問道。

蛾翅斜睨了她一眼。「嗯，首先妳會見到其他巫醫貓，」她喵聲道，「總的來說，他們都很友好。我意思是，影族的影望（Shadowsight）有點怪，但他很勇敢。至於松鴉羽……」她的聲音越來越小，隨即又恢復正常，「松鴉羽是雷族的資深巫醫貓。他全盲，但不要以為這就有損他的醫術。他可能會對妳冷嘲熱諷，但妳絕不能讓他得逞，害自己難過。他對每隻貓都這樣。不過要是我生病了或遇到什麼麻煩，我不會去求助別的貓，反而一定會去找他。」

霜掌私底下想，不管蛾翅怎麼形容，松鴉羽聽起來都有點可怕。「那然後呢？」她喵聲道。

「然後我們會交換各部族的消息，」蛾翅告訴她，「接著我會向星族介紹妳，說妳是河族巫醫貓的見習生。」

霜掌倒抽口氣。「妳的意思是，我會見到星族？」

「不是現在，」蛾翅回答。她們繞過金雀花灌木叢時，她短暫停了一下，然後補充道：「我們只知道祂們會傾聽，對吧？之後，所有貓兒會圍著月池集合，然後把鼻子貼到水面上。」

「我也要嗎？」霜掌提問的語調短促尖銳，害她有點不好意思地低下頭去。

「妳也要啊，」蛾翅確認道，「到時妳就可能見到星族了。」

「我好興奮哦！」霜掌呼了口氣，幾乎忘了腿的疲憊和腳墊踩在硬草上的刺痛。

過了好一會兒，蛾翅才回答：「我無法回答妳，每隻貓的體驗都不一樣。」

「那是什麼感覺呢？」

她說話的同時，霜掌才想起來自己曾無意間聽過河族戰士們的談話。「妳真的都不和星族交談嗎？」她問道，但隨即發現自己竟斗膽問出這樣的問題，頓時尷尬不已。

蛾翅再次停頓了很久才回答：「沒錯，是真的。」她語氣乾脆，但不帶怒意，「如果妳有什麼需要，其他巫醫貓會幫妳。」她最後說道。

霜掌繼續在荒原中跋涉，同時一邊思考著這些話。她希望蛾翅說的是真的，因為她知道自己需要很多協助。她以前一直以為自己會像同窩手足一樣接受戰士訓練，他們三個從小就會旁觀見習生，模仿他們的戰技動作。只是她從來沒想到……哪怕只有那麼一瞬間……星族竟會挑中她來當巫醫貓。

這時最後一道天光已經消失，星族的第一批戰士正在夜空中現身，弦月的冷光遍灑荒原。野風漸漸寒冽，霜掌因寒氣深入毛皮而忍不住打起寒顫。

她的腳掌開始酸痛，但她不想問蛾翅離月池還有多遠。她抬頭望向她們正在攀爬的這座坡頂，看起來還有很長一段路。**這一定是抵達月池前的最後一座丘陵了，**她告訴自己。可是當她們抵達坡頂時，眼前卻是更多的荒原，視線所及，層層疊疊。只有零星可見的裸岩和隨處肆意生長的荊棘叢打破這片廣袤粗糙的草坡地。

「它……好大啊！」她喵聲道，情緒有些低落。

「是啊，但我們快到了，」蛾翅的話雖然俐落簡單但帶著安慰的語調，「我們來做個測驗好了，考一考妳昨天學到的藥草知識。這應該能夠分散妳的注意，時間就會過得比較快。」不等霜掌回答，她就繼續說道：「腳掌疼的時候，妳要用什麼來搓揉？」

「酸模葉，」霜掌回答。**真希望我現在就有一些，**「就是在妳窩穴附近的溪邊長出來的那些深綠色的大葉子。」

「很好。要是咳嗽該怎麼辦呢？」

「哦……貓薄荷。那是很高大的植物，有淺紫色的花。有時候，如果我們領地裡沒有，可以在兩腳獸的花園裡找到。」

蛾翅滿意地喵嗚出聲：「妳都記住了。但如果找不到貓薄荷呢？那時候妳要用什麼來治療咳嗽？」

霜掌用力思考。她記得蛾翅教過她這件事，但她想不起那個藥草的名字。「山蘿蔔？」她最後猜測道。

蛾翅嘆了口氣，尾巴不耐地抽動。「不是，是艾菊，」她喵聲道，「不然也可以用款冬，不過貓薄荷是最好的。山蘿蔔是用來治肚子痛的。霜掌，妳必須牢記這些事情。知道如何找到藥草和使用它們來治病，這對巫醫貓來說是最重要的。」

「好的，蛾翅，」霜掌回答，「我很抱歉。」

其實跟星族交流才是巫醫貓最重要的事吧，霜掌在心裡想道。**我好期待哦！**她確信這會比學習藥草的名稱和用途更為刺激有趣。

她轉頭看向蛾翅，差點就打算跟她辯解，可是一看到導師臉上嚴肅的表情，立即打消了念頭。

還好蛾翅還沒來得及繼續考問她，她們就來到了一處岩坡陡峭的山腳下，霜掌鬆了口氣，因為她聞到迎面撲來的微風裡頭夾雜著許多陌生貓兒的氣味。

「我們到了嗎？」她問道。

蛾翅點點頭。「到了。我們只需要爬上這些岩塊，就抵達月池的上方了。」

霜掌跟著蛾翅爬了上去，她感覺腳墊下的石頭十分滑溜，只能盡量不去想摔下去的慘況會是什麼。後來到了一處特別陡峭的地方，她的短腿搆不著下一個落腳點；蛾翅只得折返回來，叼住她頸背，把她拽上去。

當我還是小貓嗎？霜掌憤憤然地想道。**我已經不是小貓了！**

到了岩堆頂端，霜掌發現前方被荊棘叢擋住了去路。但貓兒的氣味更濃了，她聽到湍急的流水聲，卻還是看不到任何池子的蹤影。

「跟我走。」蛾翅喵聲說道，鑽進荊棘叢裡。

霜掌跟在她後面鑽進去，努力無視荊棘刮抓皮毛的那種刺痛感。**我猜我有一半的毛都被它刮走了！**

霜掌終於掙脫荊棘，從灌木叢裡鑽出來，卻倏地停下腳步，滿臉敬畏。眼前是川流不息的急水從岩石上方傾瀉而下，宛若沒有盡頭的瀑布，在星光映照下閃閃發亮。它匯流進谷底一座水池，池面上反照出月光。霜掌站在原地目瞪口呆。蛾翅曾跟她形容過月池，但她從來沒想到它竟如此美麗和神祕。

等霜掌回過神來，這才留意到水邊聚集了好幾隻貓，此時全都抬頭看著她。那瞬間，她真想鑽回荊棘叢裡，奔過荒原，逃回河族營地，躲進她在巫醫窩裡那張溫暖舒適的臥鋪上。

「來吧，」蛾翅喵聲地說，語氣充滿鼓勵，「別像隻嚇傻的兔子一樣站在這裡！不會有事的。」

用尾巴向她示意的蛾翅帶頭沿著通往水邊的小徑緩步走下去。霜掌發現這條小路像螺旋似的繞著山腰蜿蜒而下。在跟著導師走的這一路上，她感覺到自己的腳爪不斷踩進岩塊表面各種爪印形狀的凹痕。

這些爪印一定是很久以前留下來的，她心想，全身毛髮緊接著肅然起敬。**是哪些貓兒留下來的呢？他們去了哪裡？**

等到她和蛾翅抵達小路盡頭，便再也沒時間多想了。其他巫醫貓全都圍了上來跟蛾翅打招呼，並對霜掌投來好奇的目光。霜掌在他們的打量下盡量讓自己站得筆直，哪怕雙腿很想軟掉，頭也很想低下來。

「這是霜掌，我的新見習生。」蛾翅宣布道，同時將尾巴輕輕搭在霜掌的肩上。

「太好了！」一隻毛色斑駁的淺褐色虎斑母貓興奮地說道，「蛾翅，最近少了柳光的幫忙，妳的負擔一定很重。」

蛾翅沒有回答，只是微微點了點頭。霜掌猜她一定還在思念她的另一位巫醫貓夥伴柳光，柳光為了對抗冒牌貨灰毛而犧牲了性命。**可是蛾翅無法跟星族交談，**霜掌突然一陣心疼，**所以她永遠都見不到柳光了。**

「霜掌，這兩位是天族的斑願和躁片，」蛾翅簡單介紹，同時尾巴指了指剛才說話的那隻母貓和一隻黑白相間的公貓。

霜掌禮貌地低下頭，小聲說道：「你們好。」

「接下來是影族的水塘光和影望。」蛾翅繼續介紹。

霜掌好奇地打量影族貓。水塘光是一隻棕色公貓，毛皮上有白色斑點；而影望——

就是蛾翅說有點怪的那隻貓——則是一隻瘦削的灰色虎斑公貓，兩邊腰側有深色條紋。**他看起來一點也不怪啊，**霜掌心想，**雖然對一名巫醫貓來說，他身上的傷疤是多了點。但也許等我跟他更熟一點，就會懂蛾翅的意思了。**蛾翅輕輕推了推她，霜掌才驚覺自己剛剛一直盯著對方看。她不好意思地低下頭，趕緊轉向蛾翅介紹的下一批貓兒，稍微鬆了口氣。

「這是風族的隼翔和他的見習生哨掌，」她的導師繼續說道，「哨掌也才剛接受訓練而已。」

霜掌很慶幸自己不是唯一的見習生。隼翔是一隻斑灰色公貓，冷冷地對她點了個頭，但哨掌的目光卻很溫暖和友好。「歡迎妳。」她喵聲道。

「最後，但同樣重要的是，」蛾翅繼續說道，「雷族的赤楊心和松鴉羽。」

赤楊心是一隻結實的公貓，深薑黃色的毛髮為了禦寒而蓬了起來。他輕聲說：「妳好。」聲音裡頭帶著溫暖的呼嚕聲，令霜掌不由自主地對他產生好感。

但是對於站在赤楊心旁邊那隻骨瘦如柴的灰色虎斑公貓，她可就不能說有好感了。松鴉羽正用藍色的盲眼盯著她，彷彿能看穿她的一切。霜掌發現自己無法鎮定地回望他的雙眼。

雖然所有貓兒都對她表示了歡迎之意，但霜掌還是招架不住被這麼多地位重要的貓兒突然包圍的感覺。**不過我的地位也很重要啊！**她突然意識到，**或者說我的地位很快就會變得很重要了。**

松鴉羽還在檢視她，鼻孔微微抽動，好似在記住她的氣味。「蛾翅，」過了一會兒，他才開口說道，「星族有給妳什麼徵兆說霜掌是祂們選定的嗎？河族需要一隻能跟祂們的祖靈溝通的巫醫貓。」

蛾翅原本正側身跟斑願交談，這時霍地轉身面對松鴉羽，不客氣地回答：「有！霜掌已經被星族託夢！不勞你費心。」

松鴉羽只哼了一下，沒有多說。

「霜掌，我希望妳能效法柳光，」赤楊心語氣雖然嚴肅，但那雙琥珀色眼睛還是很溫暖，「像祂一樣成為體貼又善良的巫醫貓。」

所有貓兒靜默了一會兒。霜掌艱難地吞吞口水，想起了溫柔的柳光——那是她自小最熟悉的巫醫貓。當時蛾翅因支持兩位被霧星不公對待且被驅離的河族戰士而被流放到影族營地，於是有很長一段時間不在部族裡。

「我保證我會努力。」霜掌沙啞地喵聲道。

幾隻貓兒發出讚許的呼嚕聲。

「好了，各部族有什麼消息？」松鴉羽問道，「我們開會吧，別浪費月光時間。」

水塘光率先開口抱怨兩腳獸把垃圾丟在湖邊，還說有幾個年輕戰士因嚐了兩腳獸的食物而鬧肚子。

可以用山蘿蔔根來治療，霜掌心想。她聽到蛾翅提出同樣的建議，感到十分得意。不過水塘光竟選擇用水薄荷來為他的族貓治療腹痛。

正當大夥兒還在討論的時候，霜掌覺察到肩膀被輕輕碰了一下，轉頭看到哨掌站在她旁邊。「妳還好嗎？」風族見習生問道，她聲音壓得很低，以免打擾到其他貓兒，「初次經驗有點可怕吧？」

霜掌點點頭，即便是面對哨掌，她也還是有點害羞；這隻灰色虎斑母貓看起來年紀比她大，體型也比她大。「我沒事。」她輕聲回應。

「有另一個見習生在這裡真好，」哨掌繼續說道，「我只受了幾個月的訓練而已。一開始我是戰士見習生。」

霜掌驚訝地瞪大眼睛。「妳是不知道妳已經被星族選中了嗎？」

「一開始不知道。但後來有一次我幫隼翔照顧幾隻生病的貓，他就提議要訓練我。那時我才意識到我之前做的那些奇怪的夢，其實是星族在嘗試聯繫我。」

「那妳現在可以和星族交談了嗎？」霜掌問道。

「可以，就在這些月池集會上，」哨掌回答，「這真的很神奇！隼翔的導師吠臉來找過我幾次，祂教會我很多事情。」

霜掌抬頭眨眼看著她，不由得欽佩。**哨掌看起來很親切！我好高興我們能一起學習，真是太好了！**

「那妳有見到——」她才剛開口，就被走到她身邊的蛾翅打斷，後者用一隻爪子輕拍她的肩膀。

「談話到此為止，」蛾翅喵聲道，「來吧，霜掌，該舉辦妳的見習生儀式了。」

蛾翅帶著霜掌走到月池邊，面對著閃閃發亮的瀑布，其他巫醫貓圍在她們四周。

「霜掌，」蛾翅開始說道，同時深深地看進她的眼裡，「妳是否願意以河族巫醫貓的身分來學習星族最深奧的智慧？」

霜掌覺得好像有塊難以下嚥的獵物卡在喉嚨裡。起初她以為無論她怎麼努力都無法發出聲音。她太緊張了，心裡一直想著星族此刻是否真的正在看著她。但她隨即意識到所有貓兒都在等她回答。於是她用力吞了吞口水，回應道：「我願意。」

「星族戰士們，」蛾翅繼續說道，「容我為祢們獻上這位見習生。她選擇了巫醫貓的道路。請賜予她祢們的智慧與見地，讓她能夠理解祢們的方法，並依祢們的意志療癒她的部族。」她停頓了一下，眼裡盛滿回憶，霜掌好奇她是否想到了她以前的見習生柳光以及再也無法跟祂交談的這件事。但蛾翅隨後堅定地抖了抖耳朵，大聲宣布：「從現在起，這隻貓將被稱為霜掌。」

霜掌全身一陣激動。半個月前，蛾翅決定開始訓練她時，霧星就已經賜給她這個見習生封號了，但今晚卻是她第一次聽到這個名字在部族以外的地方被提起。她私自期待其他巫醫貓會像各部族的小貓在成為戰士見習生時那樣歡呼她的封號。但相反的，所有巫醫貓都靜靜站著，莊嚴地聆聽。

「霜掌，現在到水邊來，蹲下身子，讓鼻子碰觸水面。」

霜掌走到她導師指定的一塊平坦岩石上，其他巫醫貓也各自在月池邊緣找到自己的位置。只有蛾翅和——令霜掌困惑不解的——影望坐在稍遠的地方。

霜掌仍不確定自己該做什麼，直到哨掌在她身邊蹲下來，友善地推了推她。「像這樣。」哨掌低聲道，同時伸長脖子，讓鼻子碰到水面。

霜掌也學她伸長脖子，直到鼻子輕觸池水表面。**好冰哦！**她心想。過了片刻，她凝視著水面上星星和月亮的倒影，眼皮漸漸沉重。

她眼睛才閉上，便看見其他貓兒的面孔，這些面孔彷彿被河水捲走一樣，在她眼前流轉。起初她一隻貓兒也不認識，直到她看到一隻灰色虎斑母貓，她確信那是柳光。溫暖的喜悅流竄她全身，同時也令她如釋重負，因為她知道能跟星族交流這件事何等重要——尤其對她而言，畢竟蛾翅無法做到。現在，她真的能夠幫助她的部族了。

我將成為真正的巫醫貓！河族所需要的巫醫貓！

第三章

陽照在影族營地的一塊平坦岩石上伸著懶腰，享受松林枝椏間篩灑而下的溫暖陽光。熾火在她旁邊伸舌幫她用力梳理肩毛。

我覺得跟熾火在一起好快樂，好有安全感，她想道，同時抬頭望向他的臉。**我們就快成為伴侶貓了，到時一定會更美好。**

「黎明巡邏怎麼樣？」她昏昏欲睡地問道，「有遇到什麼麻煩嗎？」

熾火聳了聳肩，黃白相間的毛髮如波浪起伏。「一根鬍鬚也沒有。所以妳可以繼續曬妳的太陽，愛曬多久都行。」他打趣地補充道：「妳知道嗎？陽照，妳可真是恰如其名。我從沒見過哪隻貓兒像妳這麼愛曬太陽的！」

陽照用尾巴輕彈他的鼻子。「我相信我很快就會有見習生了，」她喵道，「到時我就得整天追著他們跑。」熾火沒回應她，她接著說：「是還有一段時間啦，但再幾個月，鴿翅和虎星的小貓就會需要導師。而且肉桂尾和板岩毛的小貓也隨時可能出生。」

「嗯，我希望收見習生的這件事再久一點，」熾火宣稱道，「我喜歡隨心所欲的感覺，想做什麼就做什麼。」

「哦，你真是叛逆！」陽照喵嗚地輕笑出聲，「不過，」她這次更認真地補充道，「訓練見習生是在幫助部族，這很重要的。」

「這完全是虎星會希望妳說的話，」熾火喵聲道，同時用肩膀輕輕推她，「妳真是個完美的小影族戰士！」

陽照尷尬到毛皮微微刺癢；她不確定熾火是不是在取笑她。有時候她擔心自己太循規蹈矩。所以每當熾火揶揄她時，她都不確定他到底有多認真。還好這種尷尬沒有再延續下去，因為光躍跑跑跳跳地過來，尾巴熱情地揮舞著。

「妳想去狩獵嗎？」光躍問道。

「好啊！」陽照回答，興奮地跳起站好。

熾火仍待在原地。「不了，我剛做完黎明巡邏。妳們倆去吧，我的腿要好好休息一下才行。」

有那麼一瞬間，陽照很想改變主意，陪他留在這塊被太陽曬得暖烘烘的岩石上。但發懶了整個早上之後，她覺得陪光躍出去狩獵似乎更有趣。

她們不過才離開營地，就看到一隻歐椋鳥正在地上啄食四散的松果。光躍以尾巴示意陽照繞到另一頭，反向接近獵物。

陽照聽從指示，繞過歐椋鳥，匍匐身子前進，腹毛輕刷地面。光躍蹲伏在長草叢後方。等到陽照一抵達定點，光躍立刻起身撲向鳥兒。後者發出驚恐叫聲，振翅飛起，光躍瞬間跳到半空中，發出得意的吼聲，一把攫住那隻想飛走的鳥兒。

「抓得好啊！」陽照喵喵叫地跑上前來查看獵物。

「我們真是一對好搭檔，」光躍回答，同時挖了個洞，把歐椋鳥埋起來，稍後再取回，「我們再看看還能抓到什麼。」

「昨晚妳有聽到橡毛說的話嗎？」她們繼續往樹林深處走去，陽照趁機問道，「又是在講老森林的故事，還有影族以前的領地有多好。」

光躍發出興味的哼聲。「是啊，他已經講了不下十次了吧！不過他是長老，長老就是這樣，老愛提當年勇。」

「愛提當年勇是因為當時他們都還很年輕，」陽照指出，「光躍，等到我們成了長老，也會有很多當年勇的故事想說！」

「有些故事我可不想說！」光躍喵聲說道，同時打了個寒顫。

看到她朋友眼裡流露出來的恐懼，陽照立刻猜到她指的是什麼。光躍一定是想到了那段可怕的日子——當時灰毛偷走棘星的軀體，將貓靈囚禁在黑暗森林裡，要他們執行他的命令去入侵陽間世界。光躍曾自願進入黑暗森林與灰毛對決，但在最後一刻，她卻失去了進入的勇氣。如今她不僅得跟部族貓共同擁有的可怕回憶搏鬥，還得面對自己當時的挫敗。

「妳不應該——」陽照剛開口，就聽到窸窣聲從一截腐爛的木頭底下傳來。她朝那方向轉動耳朵，「在那邊。」她低聲說道。

光躍朝木頭的其中一端走去，陽照則走向另一端。她們兩個同時朝聲音源頭的中段部位靠近。就在距離只剩一條尾巴長度時，幾隻老鼠猛地從針葉堆裡竄了出來。陽照迅速撲上去，用兩隻前爪各壓住一隻老鼠。光躍也逮住第三隻，其他的都逃走了。

「不錯欸，」陽照滿意地喵聲叫。她用鼻子輕觸其中一隻老鼠，「感謝星族賜予我們這些獵物。」

光躍看起來又恢復了愉快的心情。她們埋好老鼠後又繼續前進。「妳有聽說撲步遇到的事嗎？」光躍問道，「她在綠葉兩腳獸地盤附近被狗追趕？」

「有聽過一點，」陽照回答。她記得光躍的妹妹回到營地時，毛髮雖然凌亂，但眼神很是洋洋得意。但她只聽過故事的大概，「她一定嚇壞了吧！」

「她很聰明，」光躍說道，「她耍了那隻腦袋裝滿跳蚤的笨狗：她爬上一棵樹，然後沿著樹枝跳到另一棵樹上，留下那隻笨狗在原來的樹底下不停狂吠，自己則悠哉地回到營地。」

「我的星族老天，她真是膽子大！」陽照評論道，她一想到狗的那張大嘴和利牙，便不由得肚子一陣翻攪，「要是我的話，恐怕沒辦法那麼冷靜，根本想不出這種辦法來自保。」

光躍輕蔑地冷哼一聲。「這有什麼了不起，」她喵聲道，眼裡閃著光芒，「任何戰士都辦得到。我才不會逃走，我一定會抓傷狗的眼睛，直到牠逃之夭夭。」

陽照感覺自己的心好似瞬間沉了下去。自從光躍當年突然慌了手腳，不敢踏進黑暗森林，姐妹幫只好改派光躍的手足影望替代她之後，光躍就一直任性地從事許多不必要的冒險，試圖證明自己其實很勇敢。半個月前，只因為跳鬚挑釁她，她就偷偷越過河族邊界，結果被她的父親虎星狠狠教訓了一頓。虎星的訓斥聲響徹整個營地，光躍因此被罰獨自承攬所有見習生的工作，時間長達半個月。

「我們抓夠了吧？妳覺得呢？」陽照問道，希望藉此轉移光躍對她妹妹那件英勇事蹟的注意力。

但光躍正在看附近一棵樹上的兩隻松鼠在樹枝間互相追逐。「快看哦！」她喊道，同時倏地竄上隔壁的樹幹。陽照的心瞬間一沉，因為當光躍從樹上低頭看她時，她又見到了她朋友眼裡那種魯莽和急切的神情。

光躍沿著樹枝邁步疾奔，看上去就像松鼠一樣靈巧。陽照看著她朋友的冒險行徑，情緒不免在欣賞與恐懼之間起落。她明白光躍是想跳到另一棵樹上，趕在松鼠逃跑之前逮住牠。但那個跳躍的距離很長，更何況另一棵樹的樹枝也並不粗壯。

它們能承受得住一整隻貓的重量嗎？光躍可比松鼠重多了！

陽照焦急到毛髮都炸了起來，她趕緊衝到光躍正在試圖平衡自己的那根樹枝底下。等她靠近時，更是不敢相信眼前這場面有多危險。

光躍還是跳了過去，有那麼一瞬間，陽照以為她會成功。她的身子在半空飛越，四隻腳爪剛好落在被她瞄準的那根樹枝上。

跳得好！陽照心想道，但也在地面上本能地跟著光躍的動作往前一躍，所以到現在腿都還在發抖，不過至少鬆了口氣。

可是幾乎就在同時，光躍所在的那根樹枝被她的重量壓得往下彎，她趕緊把爪子戳進樹枝裡，但只在半空中盪了一會兒便驚聲尖叫地掉了下來。

陽照只覺得恐懼似乎凍住了她的腳，害她無法動彈。她看見光躍朝她直墜而下，只能硬著頭皮接受撞擊。然後砰的一聲，她一陣劇痛，光躍直接跌在她身上，她被狠壓在地，差點喘不過氣來。陽照側躺在地，奮力喘息，但光躍已經爬了起來，看起來毫髮無傷的樣子。

「哦，陽照，對不起！」光躍驚呼道，「妳沒事吧？」

陽照終於喘過氣來，試圖想站起身，但是她一動，就覺察到背部有個地方扭傷了，甚至有隻前爪根本無法踩在地上。

「我沒事。」她氣喘吁吁，「但妳得扶我回營地。」

「我真的很抱歉！」光躍又說了一次，「可是陽照，拜託妳不要告訴任何貓兒發生什麼事，好不好？我之前的麻煩才剛處理完。」

「好吧。」陽照答應了，但心裡其實有點猶豫。**為什麼她可以做這麼蠢的事卻不用受到懲罰？**她忍住嘆氣的衝動，在心裡對自己說，**我猜因為她是我朋友吧！**「但妳不要再冒險了。」她對光躍說。

但光躍的回答竟只是翻了個白眼。

她應該表現得感激一點才對！陽照心想道。

兩隻母貓留下獵物，準備晚一點再回來取，先直接回營地再說。一路上陽照都只能把全身重量倚在光躍的肩膀上。等到她們穿過影族營地外圍的灌木叢時，陽照已經痛得昏頭轉向了。

「直接帶我去找水塘光。」她咬著牙說道。

但還沒走到巫醫窩，就有更多的族貓圍上來，他們看見陽照的傷勢，紛紛發出擔憂的驚呼聲。

「妳怎麼了？」撲步焦急地問道。

「是狐狸嗎？」岩板毛追問道。

「沒事，沒什麼好擔心的，」光躍告訴他們，「陽照摔倒了，傷到背，就只是這樣。對吧？陽照？」

陽照瞪著她朋友看。她不想撒謊，但也不想害光躍惹上麻煩。只是這樣被她隨便搪塞過去，還是讓她心裡很不舒服。「是啦，是我沒注意腳底下的路。」陽照回答，盡量不表現出自己的不悅。

「不過我們倒是抓到了一些很不錯的獵物，」光躍繼續說道，「我只需要回去拿回來。陽照不會有事的。」她補充道，尾巴不屑地彈了一下。

也許沒事吧，但現在真的很痛。陽照看不出來光躍對她有半點關心，也看不出她對自己做錯的事有任何一絲愧疚，反而只洋洋得意狩獵的成功。「拜託，我們可以去巫醫窩了嗎？」她哀求道。

擔憂的貓兒們紛紛讓開路，讓陽照和光躍過去。依在朋友肩上的陽照步履蹣跚地穿過營地，進入窩穴。

至少她現在有在幫忙了，她想道，心裡的煩躁才稍稍減輕一點。

窩穴裡只有影望在。兩隻母貓出現時，他正在嗅聞一堆枯葉。他抬起頭來問道：

「這次是又出了什麼事？」

光躍再次解釋是陽照自己摔倒受傷的。「妳會好起來的，」她轉向陽照，喵聲說道，「如果妳得待在這裡，那我待會兒帶點生鮮獵物過來給妳好了。」然後沒等陽照回答，就一溜煙地離開窩穴。

是哦，當然好，我好得很呢，陽照想道，但心裡還是很不高興。**妳沒必要留下來，一點都沒必要！**

此時影望已經消失在窩穴後方的藥草庫裡，過了一會兒，叼著一個用葉片裹住的東西走回來，把它放在陽照前面的地上，然後打開葉片，露出兩粒罌粟籽，「把這些舔了，」他告訴她，「它們能幫忙減緩疼痛。」

陽照感激地照做。**至少還有貓兒在乎我很痛！**

她躺著不動，交由影望檢查她的傷勢。他用腳爪溫柔地按壓她的後背，從脖子一路嗅聞到尾巴，全部仔細檢查一遍。「嗯，妳的背扭傷了，」他喵聲道，「還有肩膀脫臼了。我可以幫妳復位，但會很痛。」

陽照咬緊牙關。「好吧，交給你了。」她躺著不動，閉上眼睛，試圖想像這一切結束後，她和熾火互舔毛髮，一起在營地邊緣曬太陽的畫面。

影望半趴在她身上，用其中一隻腳爪按住她那隻未受傷的前腿，再用牙齒和另一隻前爪用力扳動她受傷的肩膀。陽照發出痛苦的尖嚎，那一瞬間，感覺好像有燃燒的利爪正撕裂她的身體。她癱軟在地，渾身顫抖，但等疼痛逐漸消退後，她意識到自己感覺好多了。

「謝謝你，影望。」她上氣不接下氣地說道。

「妳的背應該能自己痊癒，只需要多休息，」影望喵聲說道，「我希望妳在這裡待上一兩天，這樣我們才能觀察妳的情況。」然後他瞇起眼睛低頭看她，又補充道：「到底發生了什麼事？」

「哦，我……我猜是我絆倒了吧！」陽照回答。

「是哦，那刺蝟都會飛了，」影望反駁道，同時瞥了一眼光躍離去的窩穴入口，「妳別糊弄我了，像妳這樣健康的母貓是不會因為任何絆倒而受傷成這樣。」他停頓了一下，隨即又補充道：「妳確定這跟光躍沒有關係嗎？」

陽照猶豫了。她答應過不告訴族貓，以免光躍惹上麻煩，但影望顯然已經猜到部分真相。**更何況我真的很擔心光躍的行為模式**，她想，**我試著告訴過她，她的行為有多魯莽，但她就是不聽。**

我可以告訴影望，她下了決心，**我這又不是背叛她去跟虎星或苜蓿足告狀。**影望是光躍的弟弟，也許他能找她談談，讓她冷靜下來。

下定決心後的陽照，開始全盤托出光躍是如何在追逐松鼠時從樹上摔下來的經過。

影望靜靜地聽著，眼裡露出擔憂。

「她以前不會這樣，」陽照最後說道。能把自己的擔憂分享出去，著實令她如釋重負，「就好像她根本不在乎自己會不會受傷一樣。」

「妳說得對——她最近確實顯得魯莽又不開心，」影望若有所思地喵聲道，「我覺得是因為她沒有勇氣進入黑暗森林而感覺自己失敗了，」他深嘆一口氣，「她完全沒必要這麼想，她能嘗試就已經夠勇敢了。」

陽照低聲附和。罌粟籽開始發揮作用，她覺得自己好像正陷入一片很舒服的黑色毛皮裡。影望的最後一句話似乎是從遙遠的地方傳來：

「別擔心，我會想辦法看怎麼解決。」

第四章

沿著湖岸前往大集會的這一路上，即便夜晚月光清澈，族貓們興奮地喋喋不休，焰掌也感受不到一絲愉悅。

「我好想知道族長們決定了什麼哦，」竹耳滿懷期待地喵聲道，「戰士守則修改後……很多事情會變得很不一樣哦！」

「是啊，」她的弟弟翻爪附和道，「我們可以自己決定想做什麼了。」

走在這群年輕貓兒前面的樺落回頭看他們一眼。「你們腦袋裡是裝了蜜蜂嗎？」他問道，「這麼多季節以來，部族遵循戰士守則一直都過得很好，直到灰毛用它來對付我們為止。我們需要的是遵守守則，而不是開始隨意更改它。並非所有改變都是好事。」

翻爪對他手足翻了個白眼，但沒有回應。

焰掌對這場爭論絲毫提不起興趣。他覺得自己之所以被選中參加大集會，只是因為百合心向棘星做了提議。他知道她對他感到抱歉。一路上沿著湖邊前進的時候，他不止一次看到百合心用一種滿懷希望的表情看著他。

她是希望即使我沒有通過評鑑，也要振作起來，焰掌心想。**我所有的親族都希望我在雷族裡頭能夠開開心心的。但我感受不到，也無法讓自己感受到！**

自從冒牌貨灰毛被打敗後，他的族貓們總是說自己是如何幸運，能身在全森林裡最棒的部族裡頭。但焰掌完全不這麼認為。

沒有貓兒理解我。

焰掌鑽進島上空地外圍的灌木叢時，發現其他部族都到了，全都聚集在大橡樹底下，族長們正坐在樹枝上。空氣裡充斥著混合的氣味，月光在貓群的毛皮上閃閃發亮，也映照在他們的眼裡。

焰掌瞄到一群來自不同部族的見習生，於是走過去加入他們，含糊地說了句：「你們好。」接著在外圍邊緣找了一個位置坐下。新進的雷族戰士和幾隻影族貓坐在附近，焰掌不想加入他們，也不想去聽他的族貓們描述自己是如何通過評鑑。

幾個尾巴距離之外，一隻貓兒正慢慢走向藤池。焰掌認出對方是天族的怪咖根躍（Rootspring）。他向藤池垂頭打了個招呼，後者親切地用鼻子蹭了蹭他，他就在她旁邊坐了下來。

焰掌記得根躍是跟鬃霜一起進入黑暗森林的貓兒之一。他們和其他幾隻貓兒冒險進去拯救真正的棘星，並恢復森林部族貓與星族之間的聯繫。

在我看來，這一切都聽起來很怪。

並非焰掌完全不相信這些故事，只是從他對根躍的觀察——他在跟藤池交談時的那種寡言舉止和緊繃神態——可以看出這隻天族公貓曾有過可怕的經歷。鬃霜再也沒有回來，她死在黑暗森林，永遠回不了自己的部族，也無法進入星族。但焰掌覺得這一切都很難理解。

為什麼所有部族的命運會被掌握在幾隻貓兒的爪子裡呢？

當棘星的行為開始變得古怪時，他還太年幼，以至於不記得這位部族族長原先是什麼樣子。但他真的曾被一隻完全不同的貓兒附身過嗎？

焰掌心裡有一部分是懷疑的，也許是雷族需要有某隻貓來為這一切的錯誤擔起責任。但他又不敢將這種想法說出口。**如果我敢透露出一丁點這種想法，我的親族肯定會宰了我！**

他努力將這些陰暗的想法推開，這時筆直站在大橡樹樹枝上的虎星發出響亮的嚎叫聲。「各部族的貓兒們，」虎星喵聲說道，下方的交談聲逐漸消失，「歡迎來到大集會。」

所有貓兒都安靜地坐下來，但焰掌仍感覺得到空氣裡瀰漫的興奮氣味。影族族長愉快地喵嗚宣布：「影族剛迎來四隻新生的小貓，是幾天前肉桂尾生下來的，他們是小杉（Firkit）、小溪（Streamkit）、小花（Bloomkit）和小語（Whisperkit）。他們現在都跟我年幼的孩子小樺（Birchkit）和小花楸（Rowankit）一起住在育兒室裡。水塘光和影望最近忙壞了！」

焰掌瞥了一眼樺落，後者眼裡流露出自豪的光芒。大家都認定小樺這個名字是為了向他致敬。貓群發出愉悅的呼嚕聲，虎星揮了揮尾巴，讓出位置給棘星。焰掌猜想，是不是要宣布戰士守則修改的內容了？

可是等到棘星開口時，他只是傳達了一些很平常的部族消息：「雷族剛有了三位新的戰士，」他自豪地喵聲說道，「香桃花（Myrtlebloom）、月桂亮（Bayshine）和雀光（Finchlight）。在此祝福他們順順利利地承擔起新的職務。」

焰掌的姊姊和他的養兄妹都站了起來，眼裡混雜著自豪與羞澀的光芒。「香桃花！月桂亮！雀光！」他們的族貓大聲吼道，焰掌過了一會兒才加入，與其他部族的貓兒一起歡呼。

但即便是在為自己的族貓歡呼，他仍感覺每隻貓兒都在盯著他看，害他恨不得鑽進地洞裡。對百合心的一股憤怒突然刺痛他。為什麼她非要讓他來這裡目睹曾經的見習生夥伴們的光榮時刻？

一隻坐在他旁邊的年輕貓兒轉過身來，好奇地瞪著他。「怎麼回事啊？」她問，「你不是也該跟他們一起成為戰士嗎？」

「是啊，你做了什麼啊？」另一個見習生問道。

「是我沒做到什麼吧，」焰掌苦澀地解釋，因為他知道如果不說點什麼，他們一定會繼續追問，「我試著抓一隻松鼠，但沒能成功從樹上反彈回來，所以評鑑就不及格，就這樣。」

他的話引來嘲諷的笑聲和幾聲喵嗚大笑。

「這不是鼠腦袋嗎？」一隻叫做灰掌的河族公貓嘲諷道，「你得去抓你能抓得到的獵物。你導師沒教過你嗎？」

「看在星族的份上，閉嘴好不好！」一個陌生的聲音不耐地厲聲打斷他們。

焰掌轉頭看見一隻棕白相間的年輕虎斑母貓正怒瞪著這幾個見習生。他不認識她，不過從她的氣味裡能辨識出她是影族貓。

「給我安靜點，」她繼續說道，「部族裡正有大事要宣布，你們會漏聽的，別顧著一直取笑可憐的……」她對焰掌投來詢問的目光。

「焰掌。」他補充道。

母貓歪著頭，上下打量他。「這名字真好聽，」她喵聲道，「但你的外表看起來不適合叫焰掌啊？」

焰掌之前對她升起的感激之意瞬間煙消雲散。他正要用冰冷語氣說「**我很清楚這一點**」時，母貓已經轉過身，重新把注意力放回大集會上。

此時棘星已讓出位置給霧星，後者幾乎是走到樹枝末端才向部族們發表談話。焰掌從未如此近距離地見過她，這才發現她看上去好老，不禁令他一陣難過。

她也是曾進入黑暗森林奮戰過的貓兒之一，他驚訝地想道，**她是怎麼活下來的？**

儘管年事已高，霧星的聲音依舊洪亮，響徹空地。「星族已經為河族送來一位新的巫醫見習生，歡迎霜掌。」

焰掌望向空地另一頭蛾翅與其他巫醫貓的同坐之處，她正在用鼻子頂著一隻體型嬌小的淺灰色母貓，要她站起來。那名見習生似乎被貓群歡呼她名號的聲響給嚇到了。

「霜掌！霜掌！」

等喧鬧聲平息下來，霧星的目光才掃過整個空地。

「所有部族的貓兒，」她開始說道，「我知道灰毛所造成的傷害仍令大家餘悸猶存。但我們必須繼續向前，這也使我思索了一件重要的事情。部族族長們和巫醫貓們已經同意修改戰士守則。巫醫貓會在下一次半月集會上向星族呈報這些修改內容。」

焰掌豎起耳朵，儘管他仍覺得自己很悲慘，但還是對這個議題很感興趣。自從迷霧之光從星族那裡回來之後，整個雷族都一直在談論守則的事情。他知道其中一項改變是，若貓兒想與別族貓兒結為伴侶貓，便可更換部族。焰掌幾乎不認識來自其他部族的貓兒——自然也沒有熟悉到想跟她們結為伴侶貓的地步——但他仍然意識到這會是一件大事。

「現在任何貓兒都可以為了與伴侶貓一塊生活而更換部族，」霧星繼續說道，「我知道以前就有貓兒這麼做過，但通常會引發許多衝突，甚至造成心碎的結果。現在將有一個正式的程序來讓他們的結合得到星族和原生部族的認同。」

「什麼樣的程序？」有貓兒從貓群中喊道。

「我正要說到這一點，」被打斷的霧星不耐地抽動尾巴，「首先，這兩隻貓兒必須在大集會上正式宣布他們的意圖，然後想要更換部族的那隻貓兒必須完成對方部族所指定的任務，以示自己的誠意。如果成功完成任務，就可以更換部族。」

霧星的話剛說完，貓群就一片喧嚷。

「這太容易了吧！」影族的亞麻足大聲喊道。

「沒錯！」風族的燼足附和說，「這樣只會變成：只要看上別隻貓，就可以換部族生活。但萬一他們住在一起之後才發現彼此不合怎麼辦？」

燼足的這番見解引發了眾貓兒的附和，但也幾乎同時被焰掌的族貓罌粟霜打斷。

「我認為根本不該修改戰士守則，」她宣稱道，「我們部族裡的貓兒就夠好了。」

「族長們已經充分討論過這件事，」霧星提醒雷族母貓，語氣帶著一絲尖銳，「我們已經決定修改戰士守則。」

貓群裡再次同時響起同意和抗議的聲音，但又很快安靜了下來，因為根躍突然跳起來，黃色毛髮全炸了開來。

「我們需要這樣的改變，這是對的決定，」他喵聲道，聲音因過於激動而有些顫抖，「沒錯，這可能會帶來痛苦，但它能夠預防更多的痛苦。」

其他貓兒的聲音逐漸平息。每隻貓都知道根躍經歷過什麼，他所愛的鬃霜死在黑暗森林，連她的靈魂都永遠消失，他們再也無法重逢於星族。如果當初他們能夠更換部族，或許還能以伴侶貓的身分一起生活好幾個月，要不是因為各自無法面對背叛部族的事實而白白浪費時間，甚至可能已經有了自己的小貓。每隻貓兒都對根躍充滿敬重，他與鬃霜共同忍受了那段恐怖經歷之後，卻被獨留下來承受失去所愛的痛苦。

焰掌這時突然靈光一現。「我知道我們該怎麼做了！」他喊道，「如果讓離開原生部族的過程更困難一點呢？比方說他們必須被降級為見習生之類的？」

坐在附近的一名見習生轉過頭來，給了焰掌一個嘲弄的眼神。「是哦，那確實是任一貓兒所能遇過最悲慘的事了——對吧，焰掌？」他挖苦地喵聲道。

貓群頓時很不友善地哄堂大笑，坐在那裡的焰掌羞愧尷尬到全身發燙。

「夠了，」霧星在大橡樹上喊道，聲音充滿權威，「我們已經做了決定。現在繼續討論下一個主題，我們必須談一談部族該如何廢除一名族長。」

她甚至理都不理我的提議，焰掌想道，更覺得自己悲慘至極。**我為什麼要來參加這次大集會呢？**

「族長們和巫醫貓們做了決定，」霧星繼續說道，「首先，必須有四分之三的部族成員同意，認定族長對部族有害，而且這個數目必須包括該族的巫醫貓在內。然後他們要向其他族長提出此事，若是其他族長也同意，巫醫貓們就會呈報給星族。若是星族也同意，該族長剩下的餘命就會被取走，副族長則會被賜予九條命，並成為新的族長。」

「一定要是副族長嗎？」有貓兒喊道。

「當然，」霧星回答，「不然要選誰呢？這樣也才不會淪為某些野心十足的貓兒奪取權力的方法。而且……」她補充道，「基於這個理由，起始這個程序的貓兒絕不能是副族長。」

討論聲響起，大多是在討論星族所扮演的角色以及九條命的轉移上，但貓兒們對這個提案的反對程度似乎沒有更換部族那條規定來得激烈。焰掌猜想可能是灰毛的經驗對大家來說仍記憶猶新吧。

失去了興致的焰掌不再仔細聆聽。他認為這一切都毫無意義。你怎麼可能讓這麼多貓兒在任何一件事情上達成共識？即使是在棘星受到冒牌貨控制、情況最糟的時候，雷族裡面還是有貓兒在為他辯護。焰掌不確定即便在當時，是否會有高達四分之三的族貓同意廢除他。

大集會終於接近尾聲。焰掌意識到，儘管有許多貓兒反對，但霧星提出的變更內容仍會照她所描述的方式提交給星族。

這不就跟平常一樣嗎？他心想，**族長們總是要所有戰士相信自己很重要，可是一旦是重大的決策，永遠是他們五個族長在做主。**

貓群開始離開空地，朝樹橋走去，返回各自領地，這時焰掌發現百合心緩步走在他旁邊。「只是要跟你說一聲，」她低聲在他耳邊喵聲道，「見習生通常不會在大集會上發言。」

焰掌這才意識到，她對他在大集會上針對更換部族提出的建言感到丟臉。**這太鼠腦袋了吧！如果只有年長的貓兒能提出建議，那我們要怎麼解決所有問題呢？**

但焰掌不敢說出來，只是低下頭，「好吧。」他喃喃說道。

「那就明天見囉，」百合心喵聲道，「到時我們會進行一些戰技訓練。」她快步穿過空地邊的灌木叢，迅速離開。

焰掌留在原地，刻意避開她和那幾位剛當上戰士的同窩夥伴們。等到空地幾乎都沒有貓了，感覺好像安全了，他才準備離開，但這時卻看見棘星仍站在大橡樹底下環顧四周，像迷了路一樣。

對焰掌來說，他很難理解自己的族長，即便他們是親族。焰掌對棘星的認識大多還停留在他被冒牌貨灰毛控制的那段時間，現在棘星已經取回自己的軀體，但他看起來比一般族長該有的樣子更為遲鈍和哀傷。

過了一會兒，棘星還是沒有動靜，焰掌走向他。「你還好嗎？」他猶豫地問道。棘星緩緩眨了眨眼睛，好像剛從睡夢裡醒來。「你說什麼？哦——我有聽到，我很好，焰掌，真的很好。」

焰掌覺得他的語氣像是在試圖說服自己。「赤楊心剛剛還在這兒，」他喵聲道，「我可以幫你把他叫回來。」

雷族族長迅速甩甩毛髮。「不用了，謝謝你，焰掌，我真的沒事。有時候只是覺得……回到這裡感覺很怪。我發現自己常陷進回憶裡。」

「是哦，」焰掌附和道，「但有時候就算你一直都在這裡，也是會感覺很怪。」被逗樂的棘星微微抽動著鬍鬚。「我想也是吧。走囉，我們回家吧。」

他和焰掌是最後兩隻越過樹橋的貓兒。當他們繞著湖邊行走時，焰掌驚訝地發現他的族長始終與他並肩而行，還把尾巴搭在他背上。

「你會在下一次的評鑑裡全力以赴，對吧？」棘星問道，「我知道強壯的雷族戰士所該具備的條件，你都有了，畢竟……」他補充道，並用戲謔的眼神瞥了焰掌一眼，「它已經在你的血脈裡。」

「我會努力的，」焰掌承諾道，「我真的希望我的部族變得更強大。」他說到最後，聲音變得有點哽咽，他意識到這發自他的內心。儘管他有很多疑問，但他仍然希望雷族能成為多數族貓認定的強大部族。而他也想成為其中的重要成員。

「我知道你辦得到，」棘星愉快地喵嗚回答，腳步似乎突然變得輕快許多，「而且我相信你會辦到。」

第五章

霜掌蹲在戰士窩外面，和她的母親捲羽分食一隻田鼠。冷風吹拂過河族營地，幾朵白雲隨風掠過天空。空氣裡充斥著水的氣味，營地四周的溪流水聲潺潺。

「昨晚我真是很為妳感到驕傲，」捲羽一邊咬著田鼠，一邊喵聲道，「我的女兒是真正的巫醫貓了！所有部族都在為妳歡呼喝采。」

「那有點可怕。」霜掌承認道。

「胡說！」捲羽的語氣充滿鼓勵。「這是妳應得的。」

霜掌沒有回應，只是埋頭吃她的田鼠。她知道母親不喜歡她對自己在部族裡的新角色表現出緊張的樣子。**她對我期望很高，**她想道。**希望我能讓她感到驕傲。**

正當她們進食時，蘆葦鬚從戰士窩走出來，腳步輕快地走向懶洋洋地坐在生鮮獵物堆旁的戰士們。「要去狩獵了，」他愉快地宣布道，「霧鼻（Fognose）、豆莢光、水花尾（Splashtail），你們跟我一起來。」

被點到名的貓兒陸續站起身，朝營地入口走去。

「捲羽，妳也一起來。」蘆葦鬚經過霜掌和她母親進食的地方時也順道補充道。

「好的。」捲羽咬了最後一口鼠肉，站起身來，用舌頭舔了舔嘴巴，「帶路吧，蘆葦鬚。」

霜掌目送她母親加入狩獵隊，沒留意到蛾翅已經走過來找她，直到對方開口叫她，這才意識過來。

「為什麼我還得親自過來找妳？」蛾翅問道，「我們的窩穴裡面可能有需要醫治的貓兒，妳不應該在這裡拖拖拉拉地吃著獵物。」

「我沒有——」霜掌剛要為自己辯解。

「蛾翅說得對，」捲羽回頭打斷道，「妳快回去吧。妳的技術很重要，妳的族貓們需要妳！」

霜掌有點不高興地放棄剩下的田鼠，跟著蛾翅回去。當她和蛾翅走到霧星面前時，正坐在窩穴外、爪子塞在身子底下的霧星向她點了點頭，以示鼓勵。

但兩隻貓兒還沒走到巫醫窩上方的岸邊最高處，就看見蕨皮怒氣沖沖地擦身而過，還差點撞倒霜掌。霜掌回頭一看，只見蕨皮停在霧星面前，全身玳瑁色的毛髮惱怒地蓬了起來。

「霧星，告訴我們妳對修改戰士守則的真正想法是什麼？」蕨皮質問道，「如果是星族叫妳當族長，」由於霧星沒有答話，於是她繼續追問，「怎麼可以任由貓兒奪走妳的位置？妳領導部族這麼久了，如今要是知道我們可能密謀推翻妳，妳作何感想？」

「沒錯，」正在附近梳理毛髮的長老苔皮附和道。「這一切聽起來太怪了。我們真的能相信，光憑黑暗森林裡頭發生的事情，就足以合理化這些改變嗎？」

蛾翅沒有移動，她的琥珀色眼睛用一種不安的目光看著這一幕。霜掌站在她旁邊。她原以為這事在昨晚的大集會上已經塵埃落定了，但顯然她錯了，**好奇怪哦，**她心想，

我們的族貓有權利像這樣跟族長爭辯嗎？

霧星站起身來，用甩動尾巴的方式回應族貓們的抱怨，顯然她正在努力保持冷靜。她沒有直接回答蕨皮和苔皮，反而跳上她向來站上去對貓群發表談話的那根樹樁，張嘴嚎叫，下達指令：

「所有年紀大到能游泳的貓兒請過來集合聽我說話！」

大部分的族貓已經在空地上，這時有更多貓兒從戰士窩裡出來，還有一兩隻從營地周圍的荊棘叢裡鑽出來，顯然是從湖邊過來的。

「真可惜蘆葦鬚剛跟狩獵隊離開了，」蛾翅對霜掌喃喃說道，「霧星可能需要他的支持。」

等到剩下的族貓都在高樹樁四周的空地上參差不齊地圍坐好時，霧星才繼續說道：「我們必須好好討論這件事，」她對族貓們說，「苔皮，我明白這件事很難接受，但我已經向你們解釋過很多次黑暗森林裡所發生的事。所以是妳和其他貓兒搞不清楚事情的經過？還是說你們根本不相信我？」

霜掌看見苔皮縮起肩膀，尾尖不安地抽動著。她心想，這位長老大概不太喜歡當著這麼多族貓的面被質問。「只是……這改變太大了。」她喵聲道，同時環顧其他貓兒。

「霧星，我們並不是不相信妳，」暮毛開口說道，「只是在過去，如果發生這麼重要的事情，以致於必須修改守則來因應它的時候，都會攤在所有貓兒面前讓他們看清楚，但現在很難理解究竟發生了什麼事，為什麼只有五隻貓兒看出有改變的必要？」

「為什麼你們認為我會對你們撒謊？」霧星問道，聲音裡頭有著被壓抑的情緒。

「不是說妳撒謊……」苔皮抗議道，「我們知道妳不會說謊。可是……也許其他貓兒有他們自己的想法，然後就說服了妳相信改變是必要的。」

「這也是有可能的，」黑文皮插話道，「根躍和鴉羽都曾愛上別族的貓兒，灰紋在世時也是如此。」

「沒錯，影望的父母一開始也是在不同部族各自生活，」鴞鼻補充道，「真要說的話，霧星妳自己也是一隻半族貓。」

霧星霍地轉頭，藍色目光狠瞪著鴞鼻。「我拒絕為我出生之前的事情負責，」她厲聲說道，「豹星在任命我當副族長時，我的出身對她來說從來不是問題，而且顯然對星族來說也不是問題，否則祂們不會賜給我九條命和族長封號。還是說鴞鼻，你認為你比星族懂得更多？」

「霧星，我沒這個意思——」鴞鼻開口抗議。

霜掌留意到霧星越來越心煩，她的肩毛豎了起來，尾巴開始抽動，甚至變得有點喘，好似正費力地想要吸到空氣。霜掌剛想開口打斷，暮毛就趕在她之前先開口。

「有沒有可能有些改變其實沒有必要，只是某些貓兒想要而已？」棕色虎斑母貓提出她的想法。

霧星的藍眼睛閃過怒火。「妳是說包括我在內嗎？」她厲聲質問，「你們認為我一直在對你們撒謊嗎？還是你們在質疑我的判斷力？我難道不是忠心耿耿的戰士嗎？我難道沒有完全服從戰士守則的規定，並依據它來帶領我的部族嗎？」

「妳當然有，」閃皮用平靜的語調安撫道，「但舉個例子，我們看看雷族吧，這整起混亂的肇因是灰毛和棘星。所以他們當然認為需要一個方法來罷免族長。但這種事絕不會發生在河族，因為霧星妳是一個真誠又公正的族長，擁有星族的祝福！」

霧星彈動了一下耳朵，看起來有點不自在。「妳太恭維我了，」她說道，「但我不確定自己是否同意『河族絕不會出現這類麻煩』的這種定論。如果當年我們有這樣的規定，或許豹星就不會成功地帶我們加入虎族了。」

閃皮尷尬地動了動。「是啊，沒錯，但那是過去的事了。我們已經吸取了教訓，不是嗎？」

「沒錯，」鴞鼻附和道，棕色虎斑毛髮豎了起來，「如果各部族是為了雷族才做出這些修正，那麼這些修正也可能在未來危及河族。若是有某部族想奪權，我們能靠什麼去阻止那個部族罷黜另一個部族的族長呢？」

「這根本不在我們設計出來的運作方式裡。」霧星開口道，但這時已經沒有貓兒在聽她說話。

「這絕對是個風險，」苔皮嘆口氣，同時蓬起頸毛，「若是隨便一個部族貓就可以趕走族長，那麼當族長又有何意義呢？」她惱怒地哼了一聲，「我在這裡可要好好地說清楚，戰士守則裡頭本來就規定族長的話等同於戰士守則。要是部族貓可以趕走自己的族長，這就太荒唐了。」

霜掌看得出霧星已經快到忍耐的極限，她低下頭，掀開嘴皮，齜牙低吼。蛾翅驚呼一聲，趕緊衝過去，站到高樹樁（Highstump）的旁邊。

「我沒有去過黑暗森林，」她宣布道，並提高音量讓每隻貓兒都聽見，「但我在月池邊等候過那些去了黑暗森林的貓兒們，並為他們治療傷勢。所以我知道霧星告訴我們的都是真的。話說……」她喘著氣，目光掃過在場的貓兒，「我跟星族的關係一直不怎麼樣。但我完全相信霧星和其他迷霧之光曾與星族懇談過這件事。祂們都同意這些改變是必要的。」

整個空地一片靜寂，霜掌一度以為這群貓可能已經被說服。但暮毛隨即擠到貓群前方，轉身面對部族。

「依我看，」她開口道，「這些我們賴以生存的守則似乎應該交給更多的貓兒來幫忙決定。我並不是說霧星在試圖誤導我們。但迷霧之光又有什麼了不起？他們是什麼咖啊？裡面有霧星、鴉羽、影望、根躍和紫羅蘭光。但憑什麼他們可以為所有部族決定守則？霧星，至少妳還是一位族長，可是影望正是那隻讓我們陷入灰毛騙局的貓兒，而鴉羽本身就在破壞守則了，更何況我也還不確定自己對天族貓的了解程度，是否足夠讓我信任他們。」

霜掌向來知道天族是湖邊的部族之一，但暮毛的話提醒了她，這個部族是在幾個季節前，暗尾入侵森林的那段時間才來到湖邊落腳。**我想就算到現在，也還沒有什麼貓兒真正了解他們吧。**

霧星憤怒地甩動尾巴。「迷霧之光是擁有足夠膽識前往黑暗森林的一批戰士，」她低吼，「而這是你們當中很多貓兒都做不到的事情。他們與灰毛決死拚戰，拯救了所有貓兒，包括星族、黑暗森林和生者的世界。在迷霧之光做了這麼多犧牲之後，妳……暮毛，憑什麼質疑他們的意圖？鬃霜和灰紋都已經犧牲了自己的性命。」

霜掌聽得出族長有多難過，但暮毛似乎沒有意識到，又或者她根本不在乎。

「我不相信生者的世界需要被拯救，」那隻棕色虎斑母貓說道，「我們確實曾為了那個冒牌貨戰鬥過，但我好像記得有一次是霧星為了保護他才要我們出兵作戰的。可現在妳卻認定他所做的事情壞到足以顛覆整個守則？」

霧星的毛髮因憤怒而炸了起來，霜掌看得到她正用利爪戳進樹樁頂端，彷彿正在撕裂一隻獵物。「沒錯，」她終於承認，聲音裡頭帶著某種怪異的張力，「當初是我錯了，我不該在他假扮棘星時為他辯護。但妳難道看不出來，這正是為什麼——」

族長的話突然中斷。霜掌驚恐地看見她的臉色倏地發白，向前撲倒，從高樹樁上當場跌落，癱倒在地。

蛾翅立即衝到她旁邊。「霧星，妳怎麼了？」她一邊說，一邊用爪子檢查霧星的喉嚨和胸部。

「我需要幫手。」霧星的聲音虛弱到霜掌幾乎聽不清楚。

「我在這裡，」蛾翅安慰道，「妳只要躺著不動。嘿——」她環顧四周，然後對著離她最近的一隻貓說道：「噴嚏雲！快去取水。」

噴嚏雲趕緊跑開。

「妳最近吃了什麼？」蛾翅問霧星，「妳有吃東西嗎？」

霧星微微轉過頭來，用藍色眼睛盯著巫醫貓。「這跟獵物無關。」她喃喃說道，然後閉上眼睛，整個身子癱軟在地。

「我的見習生在哪裡？」蛾翅問道。

霜掌聽得出她聲音裡的惶恐。心臟正在狂跳的霜掌趕緊擠過貓群。「蛾翅，我在這裡，妳要我做什麼？」

「按壓她的胸部，像這樣。」蛾翅示範給她看，蛾翅前爪很用力地往下按壓，力道大到霜爪都不禁擔心會不會把族長的肋骨壓斷。她立刻取代蛾翅的位置，模仿她剛剛的動作，用盡全身力氣按壓霧星的胸部。她滿心焦慮地回想著蛾翅幾天前才教過她的這個技巧。

但我從未在一隻活生生的貓兒身上試過，她痛苦地想道。**噢，星族，求求祢們讓我做對這件事！**

「做得很好，」蛾翅說道，同時在霧星頭顱那裡彎下身子，扳開她的下顎，檢查喉嚨是否暢通可以呼吸，「再來、再按、繼續按——用力按！」

霜掌照做，她的前腿已經開始酸痛。但霧星沒有醒來的跡象。她的呼吸微弱得讓霜掌每次都懷疑，那會不會就是她最後一口氣。

在此同時，蛾翅聲音裡的緊張已經感染到其他貓兒。

「出了什麼事？」蕨皮問道。

鴞鼻的聲音也焦慮到在發抖。「她沒事吧？」

一直默默聽著整場爭辯的鯉尾，突然責罵暮毛。「妳怎麼可以這樣？」她質問道，聲音滿是憤怒。

「你們後退一點，給她一點呼吸的空間。」蛾翅命令道。她看起來越來越不安，爪子刨著地面，雙耳貼平。

「要我去取些藥草嗎？」霜掌一邊按壓一邊問道，「山蘿蔔嗎？」

蛾翅搖搖頭。「用藥草太遲了，」她低語道，「霧星正在死去。妳可以停止按壓了，」她對霜掌說道，「我們救不了她。」

霜掌後退，前腿因剛剛用力過猛還在微微顫抖。霧星的胸部仍有起伏，但已經微弱到霜掌以為每一次的呼吸都可能是最後一次。**霧星不可能死去**，她告訴自己，悲傷像追蹤獵物的貓兒一樣悄悄逼近。**星族曾賜她九條命**。她試著回想她的族長過去曾失去了幾條命，但她的腦袋過於混亂，無法計算。「她還有剩下的命嗎？」她小聲問道。

蛾翅只是搖頭。霜掌不懂她的意思是「沒有了」還是「不知道」。霧星突然全身一陣顫抖，霜掌以為她顫抖消退後會再吸一口氣。但是她沒有。心跳宛若消失中的季節緩緩流逝，完全沒有動靜。現場的戰士們全都驚恐地倒抽口氣，有貓兒發出一聲長嚎，迴盪在營地裡。噴嚏雲帶著正滴著水的青苔回來，當場停下腳步，盯著族長。

暮毛和鴞鼻驚恐地互看一眼。「她只是在取得她的下一條命，」暮毛說道，但聲音很空洞，霜掌知道她其實也不相信自己說的話，「她很快就會醒來，你們等著看好了，她一定會。」

蛾翅站立不動好一會兒，目光始終鎖在霧星身上。最後她終於走開，深深地嘆了口氣。「她不會回來了。雖然我仍舊懷抱希望，哪怕我其實很確定這已經是她的最後一條命。她如果還有命的話，現在早該醒過來了。」

悲傷像烏雲一樣籠罩霜掌，她意識到霧星真的死了，就好像整座湖一夕之間消失了，留下一個永遠無法填補的空洞。霜掌從來沒見過在霧星之前的其他河族族長。她無法想像她的部族將由另一隻貓兒來領導。

越來越多的貓兒開始哀嚎，他們看著霧星那毫無生氣的軀體，意識到她再也沒有餘命。蛾翅轉向霜掌，眼裡充滿悲傷和絕望。

「霜掌，妳曾與星族同行，」她緊急地低聲說道，生怕族貓們聽見，「妳可以跟祂們交談，對吧？妳要確保霧星有找到通往星族的路，好嗎？妳能幫忙嗎？不可以就這樣結束……」

霜掌這才想到自己或許有能力為霧星或這個受創的部族做點什麼，這令她多少有點嚇到。「我試試看。」她猶豫了片刻才低聲說道。她看得出來她的導師很難過。不管她現在能夠做什麼，應該都能同時幫助到蛾翅和霧星。

霜掌伸爪觸碰霧星那仍然溫熱的腳爪，然後閉上眼睛。全神貫注，試圖感應星族。一開始，霜掌只看得到暗色的漩渦逐漸淡化為較淺的顏色。過了一會兒，她覺得自己好像隱約看到遠處有閃爍的星光。

幫幫祂吧，她心想道。**求祢們好好照顧霧星。**

起初她還是什麼也看不到。接著一雙明亮的綠色眼睛出現在她面前，隱約還有一對耳朵和鬍鬚。

「我聽到了，」那隻貓兒喵聲道，「祂現在是我們的成員了。去安葬祂的軀體，讓祂的靈魂與祂的戰士祖靈同行吧。」

霜掌睜開眼睛，朝蛾翅轉身，很開心自己成功了。她渾身顫抖。「我做到了！」她大聲喊道，「霧星去了星族了。」

蛾翅的琥珀色眼睛深處閃爍著寬慰的光芒。「哦，感謝星族！」她吁了口氣，「整個經過是什麼？」她的語氣更加急切了，「妳跟誰說話了？是霧星嗎？還是柳光？我知道祂一定會好好照顧霧星。」

霜掌沒能清楚看見那隻貓兒的模樣，而且記憶中的細節也開始模糊。**是柳光嗎？**她很努力地試圖想起那個模糊的身影，以便確定祂是否符合她記憶裡已逝的巫醫貓外貌。但她不確定。可是她知道，如果讓蛾翅相信她的族長已經安全地跟她摯愛的前任見習生在一起，一定會帶給她莫大的安慰。

「是的，我確定那是柳光。」她喵聲道。

蛾翅深吸一口氣，跳上高樹樁的頂端。「河族的族貓們，」她開口道，「我們的族長已經離世，我們全都為祂哀悼。但我們可以得到安慰了，因為我們知道霧星已經在星族裡了。」

「妳確定嗎？」蕨皮問道，「霜掌可能搞錯了。」

「是啊，如果妳的巫醫貓無法跟星族溝通，就會有這種事情發生，」鴞鼻補充道，「妳只能靠一個沒受過完整訓練的見習生來幫忙溝通！」

有幾隻貓兒附和地叫了起來。霜掌覺得族貓們對她的不信任就像冰冷的爪子一樣攫住她的肚子。

蛾翅抬起一隻腳爪示意族貓們安靜。「我的見習生霜掌完全能夠勝任，」她大聲宣告，聲音宛若湖面上掃來的寒冽冷風，「她已經跟柳光對話過，柳光歡迎霧星進入星族。今晚我們要為我們的族長守靈，相信祂的靈體正在與祂的戰士祖靈們一起狩獵。」

霜掌看得出來她的族貓們都放鬆了下來，雖然仍然哀傷，但絕望的痛苦正在消散。她也覺得自己鬆了一口氣，蛾翅的話顯然說服了其他貓兒相信她。

「小姑娘，幹得好，」苔皮喵聲道，吁了口氣，好似剛剛那番話很難說出口，接著又補充道：「妳一定會成為出色的巫醫貓。」

其他幾隻貓兒歡呼她的名字。「霜掌！霜掌！」

霜掌意識到所有貓兒的目光都轉向她，趕緊低下頭去，不好意思地舔了舔胸毛。即便如此，他們的讚美仍然溫暖了她。她環顧四周想尋找捲羽，一部分是因為族長過世後，她想得到母親的安慰，另一部分則是希望捲羽能看到她執行的第一個巫醫貓任務有多麼成功。

但捲羽不見蹤影。這時霜掌才想到她早些時候跟狩獵隊一起出去了。**完了，**她心想道。**等她回來後發現霧星去世了，一定會很難過。**

「蘆葦鬚在哪裡？」錦葵鼻問道，「他會成為我們的族長。今晚他必須前往月池，接受星族賜予的九條命，成為蘆星（Reedstar）。」

「他和狩獵隊一起出去了，」黑文皮喵聲道，「他們應該很快就回來。」

「他們一回來就會聽到這麼可怕的消息，」冰翅喵聲道，藍色眼睛充滿憂慮。「妳覺得我們應該派貓兒去找他們嗎？」

蛾翅搖了搖頭。「我們可能一整天都找不到他們。現在除了等待，也別無他法。」

對蘆葦鬚的同情瞬間像荊棘一樣刺進霜掌的心。霧星是他的母親；他在接受祂離世的同時，也必須擔起族長的重責大任。

但他是一隻很優秀的貓兒，霜掌邊聽著資深戰士們充滿敬佩地談論蘆葦鬚，邊這樣想道。**他向來對我很好。他會成為一位出色的族長。**

第六章

陽照蜷縮在巫醫貓的窩穴裡，正昏昏欲睡地梳理著自己的毛髮，好奇什麼時候才能獲准回去重拾戰士的職責。她的前腿已經恢復得跟從前一樣有力了，背上的疼痛也在減輕，但動作只要一個不小心，還是會突然地刺痛。

水塘光出去採集藥草了，留下她和影望，後者帶來了一些新鮮墊鋪，現在正在仔細檢查，確保裡面沒有夾雜什麼荊棘的刺。

「妳感覺怎麼樣？」他一邊問陽照，一邊繼續手邊的工作，連頭都沒抬，「需要更多的罌粟籽嗎？」

「不用了，謝謝，」陽照回答，「你覺得我什麼時候可以回戰士窩？」

「怎麼了？難道是受夠了我老是踩到妳的尾巴？」影望帶著幽默的語氣說道，聲音裡透著溫暖，「也許妳應該把尾巴收好。」

「謝囉，我的尾巴沒問題。」陽照用尾尖把一片蕨葉彈向影望的後腦勺，「但待在這裡很無聊，什麼事都做不了。」

「好吧，等水塘光回來後，我會給妳重新敷一片接骨木葉藥膏，」影望承諾道，「這應該能幫忙那拉傷的肌肉快點復原。然後我們明天早上再檢查一次，再作決定。」

「謝謝你，影望。」陽照張開嘴打了個大呵欠，「你知道光躍會怎麼樣嗎？」過了一會兒，她問道，「你說你已經把我受傷的事告訴虎星了。」她內疚到全身毛髮都刺痛了起來。**我答應過光躍不會告訴任何貓兒事情的經過。我沒想到影望會把這事說出去。**

「她會被處罰嗎?」

「大概會吧,」影望回答,聽起來好像並不特別擔心,「不過這也是她應得的。只要她願意多談一下自己的感受就好了。如果她無法……」他的聲音越來越小,最後搖了搖頭,然後堅定地補充道,「她不該老是去想自己無法進入黑暗森林的那件事。」

她是在試圖證明什麼嗎?這樣的想法一再出現在陽照的腦袋裡。**是想對我們所有貓兒證明?還是對她自己?**

正當她還想再對影望說什麼時,突然聽到窩穴外面傳來腳步聲,一個熟悉的聲音喊道:「我可以進來嗎?」

「熾火!」陽照驚呼道,影望則是回答:「當然可以。」

看到這隻黃白相間的公貓,陽照滿心歡喜,覺得自己放鬆了不少。熾火總是令她心安,讓她有家的感覺。他走進窩穴裡,將一隻肥美的老鼠放在她的爪前。「是我親自抓的哦!」他喵聲道。

「哦,謝謝你!我很餓欸。」陽照感激地看了熾火一眼,隨後撕咬下一口鼠肉,吃了起來。等到陽照稍微填飽了肚子,才又問道:「所以你今天都做了什麼有趣的事?應該沒有貓兒告訴你該做什麼了吧?」

熾火沉默了一會兒,陽照還以為自己是不是說錯話了。但熾火隨即發出一聲逗趣的喵嗚笑聲。

「哦,我有冒險進入森林,赴湯蹈火地和黑暗靈體激烈搏鬥,總算為妳帶回一個戰利品——這隻了不得的老鼠！」

陽照全身放鬆不少，她無法想像生活裡要是少了熾火會是什麼樣子，她最不願做的事情就是讓他不高興。自她還是小貓的時候，就跟著他還有其他貓兒從她出生的谷地遷徙回到影族領地，在那段路上，她愛上了他。

「真是英勇的戰士！」她誇讚他道。

「妳的背怎麼樣了？」熾火問道，尾尖沿著她的背脊輕輕滑過。

「好多了，」陽照告訴他，「影望說——」

但她的話被窩穴外突然響起的急促腳步聲打斷。沒過一會兒，光躍便怒氣沖沖地衝進窩穴。她全身毛髮憤怒地賁張，滿臉怒容地走到陽照面前，低頭怒視她。

「就知道是妳背叛了我！」她怒吼道，「是妳告訴我父母我表現得像個蠢蛋，像有某種尋死的念頭！」

「不是這樣的——」陽照開口想解釋，但光躍根本不聽她說話，繼續怒氣沖沖地朝她一頓咆哮。

「虎星和鴿翅為了昨天的事情把我狠狠罵了一頓。這肯定是妳告訴他們的——因為那些細節只有妳才知道。」

陽照深吸一口氣正準備為自己辯解，影望突然衝到兩隻母貓中間。「不是陽照告訴他們的，」他喵聲說道，「是我。」

那瞬間光躍瞪著他，嘴巴張得很大，剛好讓她弟弟有時間解釋。

「光躍，沒有貓兒對妳不高興。」他告訴她，「我們只是擔心妳。妳不應該那麼拚命地想向部族證明自己。我過去也做過同樣的事——妳跟我都很清楚——結果那害我犯了一些很嚴重的錯誤。妳是堅強的影族戰士，也是我們家裡重要的成員，難道這樣妳還不滿足嗎？」

陽照很是佩服影望的智慧。她記得他年輕時對自己很沒自信。但黑暗森林的痛苦經歷使他變得堅強。但光躍顯然不這麼認為，他的話只是令她更憤怒。

「你說得倒輕鬆，」她冷笑一聲，「讓灰毛進入部族，然後又把他放走的那隻貓可是影望你欸！」

影望倒退一步，眼神受傷。陽照知道在灰毛統治的那段最黑暗的日子裡，光躍是支持影望的少數貓兒之一。如今她氣到把錯全怪到他頭上，這對他來說一定很痛苦。

「我不需要你的憐憫，也不需要你的建議。」光躍繼續說道，「我完全能夠過好我自己的生活。」她霍地轉身，昂首大步地走出窩穴。

影望尷尬地瞥了陽照和熾火一眼，趕緊跟了上去。

陽照目送他離開，隨後把頭靠在熾火肩上。「糟了，」她喵聲道，「我把我受傷的經過告訴影望時，並沒有想到他會把它告訴虎星。我知道這不是我的錯，但我還是很內疚。光躍是我最要好的朋友！」

熾火轉過頭來溫柔地舔了舔她的耳朵，安慰她。「別擔心，」他告訴她，「光躍只是這一陣子比較想不開。」

「我真希望我能追過去，」陽照回應道，「要是我能離開巫醫窩……」然後她突然直起身子，注視著熾火的眼睛，「你覺得你能幫我去跟光躍談一談嗎？」她問道。

「我？」熾火看起來有些猶豫，「我不確定我該說什麼。」

「哦，拜託啦，」陽照懇求道，「你很了解我——只要把我想說的話告訴光躍就好了。你是我唯一信任的貓兒，只有你能幫我。」

熾火躊躇了一下，然後點點頭。「好吧，我試試看。但我不保證會有用哦！」

「謝謝你！」陽照把鼻子埋進熾火的肩毛裡，「熾火，你最棒了。」

「我知道啊，」公貓半開玩笑，「我等一下會去找她談。但我現在得去巡邏，只是先過來看看妳怎麼樣了，然後就要出發了。」他俯身輕觸陽照的鼻頭，隨即道別離開。

仍感到不安的陽照慢吞吞地吃完熾火帶來的老鼠，當她吞下最後一口鼠肉時，影望正好回來了，但表情很不自在。

「光躍怎麼了？」陽照問道。

「還是很生氣，」影望回答，「而且我怕她已經猜到是妳告訴我她那天的行為。」

「唉，我早該想到的，」陽照呻吟道，隨即補充說：「光躍又不笨。」

「我很抱歉，但還有另一件事，」影望輕聲說道，「等妳身體好一點，虎星想跟妳談一談那件事。」

陽照皺起眉頭。**事情怎麼越來越糟了？**她心想。**先是我受傷，然後我最好的朋友對我生氣，即便這本來就是她的錯……但現在我還惹上了族長。這件事到底有完沒完啊？**

第七章

「好吧，我們再試一次。」百合心喵聲道。

焰掌和他的導師正在雷族營地外面的空地上練習戰技。百合心在教焰掌如何趁機鑽到對手伸出的爪子底下，撞倒對方的腿。

我以前都練過那麼多次了，說得活像我沒練過似的，他在心裡嘟囔。**我閉上眼睛都能辦到！**

「看到那根低矮的樹枝了嗎？」百合心繼續說道，「假裝它是一隻正在攻擊你的貓。現在讓我們看一下你的動作。」

焰掌很想嘆氣，但強忍住。**跟其他見習生一起受訓才比較好玩，**他心想。**那才像是在面對真正的對手，而不是某根愚蠢的樹枝。**但這只是又讓他想起其他見習生都已經當上戰士，只有他還不是。

「快點。」百合心不耐煩地抽動鬍鬚，「換成真的對手，你的皮早就被扒掉了。」

焰掌咬牙切齒地往前衝，鑽進樹枝底下，朝著假想的貓爪揮了一掌，隨即翻滾離開，重新跳起來站好，轉身面對百合心。

「這次做得很好，」她評論道，「不過你的翻滾動作可以再快一點。你這動作唯一的缺點是，可能會被絆倒的對手壓住。再試一次吧！」

焰掌又試了一次，這次確保揮爪後立刻翻滾離開。

「對，好多了，」百合心稱許道，「不過你的尾巴還是到處亂甩，一定要收好，現在再試一次。」

焰掌的耐心突然消失。「這些我都會了！」他抱怨道。

百合心瞇起眼睛。「顯然還不會，」她厲聲說，「否則你現在早是全能戰士了。」

焰掌頓時倒抽了一口氣。他從沒想到百合心會說出這麼刺傷他的話。

百合心歉意地眨眨眼睛，似乎很後悔自己在言語上過於嚴厲。「聽著，如果你這次想通過評鑑，我們就得好好合作，」她喵聲說道，語氣柔和了一點，「而且你必須記住，不管你覺得這件事公不公平，你都還是我的見習生。這表示我說什麼，你就得做什麼，容不得你討價還價。」

焰掌點點頭，心有不甘地承認他的導師是對的。「我知道了。對不起，百合心，我應該再練一次嗎？」

「不用了，我想今天到此為止吧，」百合心回答道，同時抬頭看了一眼天色，「快正午了，我還得去邊界巡邏，抱歉，焰掌，你不能去。」她一看到焰掌眼睛發亮，就趕緊這樣補充：「長老的臥鋪需要更換，你得留下來做這件事。」

這太不公平了！焰掌心想，同時強忍住抱怨。就因為現在他是營地裡唯一的見習生，所有無聊又討厭的工作便全都落在他頭上，結果得花比平常更久的時間才能完成。他寧願跟百合心去巡邏風族邊界，但剛剛才因抱怨被責罵過的他知道，此刻最好別再多說什麼。

「好吧，百合心，我會處理的。」他喵聲道，尾巴無精打采地垂了下來。

焰掌穿過荊棘隧道回到營地，走向榛樹叢底下的長老窩。窩穴裡只有蕨毛在，後者身子挪到一旁，讓焰掌可以開始收集髒掉的苔蘚和蕨葉。

「謝啦，焰掌。」老貓打了個呵欠。「能睡在乾淨的臥鋪裡真是再好不過了。」他停頓了一下，隨即追問道：「所以……你姊姊雀光已經是戰士了。」

「沒錯。」焰掌簡單回答。**我真的不想談這件事。**

但蕨毛似乎沒意識到他的不自在。「你這次沒過啊，」他繼續說道，「為什麼會沒過呢？」

「我評鑑不及格。」

「是啊，我聽說了。」蕨毛抬起一隻後腿搔抓耳朵，「運氣不好。不過到底出了什麼問題？」

這下可好，又得重新說一遍。星族啊，拜託幫幫我，別讓我撕爛了這個鼠腦袋的耳朵！「我搞砸了我的狩獵。」焰掌告訴長老。

「嗯，我相信你下次一定會通過，」蕨毛友善地喵道，「有些年輕的貓兒需要一點時間才能完全成熟。」

唉……能不能閉嘴啊？

「你的確是來自於一個很優秀的家族，」蕨毛宣布道，「我知道你一定會不負眾望，順利完成評鑑。」

焰掌只是簡慢地點點頭。他知道這隻老貓只是好意，但他說的每句話都令他更煩躁。就在這時，身後忽然傳來一陣興奮的吱吱尖叫聲，他鬆了口氣，轉頭一看，只見點毛的三隻小貓——小莖、小鬃和小灰，不知從哪裡蹦了出來。
「你在做什麼？」小莖問道。
小鬃好奇地嗅了嗅臥鋪，隨即驚叫：「唉呀，這好髒啊！」她彈了回去。
「我們想要幫忙！」小灰喊道。
焰掌環顧四周，尋找他們的母親，發現點毛正在育兒室外面打瞌睡。他心想是不是該叫醒她，隨後又想她可能需要休息，而且跟小貓們在一起也挺好玩的。
「你是見習生，對吧？」小鬃睜大眼睛看著焰掌問道，「好酷哦！」
唉，至少還有貓兒覺得當見習生是件很刺激的事，焰掌心想道，內心的煩躁瞬間被興味取代。
「我們也想當見習生！」小莖告訴焰掌，「但點毛說，得等我們六個月大的時候才可以當見習生。」
「那要等好久好久哦！」小灰抱怨道。「我們現在就想當見習生，」小鬃宣布道，「焰掌，你來當我們的導師好了！」
「好啊，」焰掌喵聲道，開始融入這場遊戲，「既然你們是見習生，那就幫我把這個舊臥鋪清理掉吧。」
「可以！我們辦得到！」小灰興奮地答應。
小莖和小灰立刻衝進長老窩，用他們的小爪子把臥鋪鏟成一堆。小鬃猶豫了一下，先是皺起鼻子，接著也開心地跳進臥鋪堆裡，跟她的同窩手足一起忙碌起來。焰掌心想他們身上沾到的臥鋪墊料恐怕比真正收集到的還要多吧，但至少他們很努力。

蕨毛發出低沉的笑聲。「你們真是忙得不可開交啊！」他評論道。

在焰掌的幫忙和指導下，小貓們很快就清理掉三床長老臥鋪裡的其中兩床。焰掌正要把青苔和蕨葉捲成球，帶出營地時，突然聽到空地中央傳來一隻貓的喊叫聲。

「小貓！小貓，你們在哪裡？」

焰掌一轉身，看見向來在育兒室裡幫忙的奶油色母貓黛西正著急地轉來轉去，到處尋找小貓。於是他揮了揮尾巴吸引她的注意。

「嘿，黛西！他們在這裡。」

黛西快步穿過營地來到長老窩，當她的目光落在小貓們身上時，竟驚訝地瞪看著他們。「焰掌，你到底在幹什麼？」她責問道，「小灰，把那個放下！」

焰掌轉身進到窩穴裡，看見小灰不知道從哪裡找到一根小樹枝，正咬在嘴裡揮舞。小莖不得不往後跳，以免眼睛被戳到。小灰聽到黛西的聲音，趕緊丟開樹枝，一臉愧疚地站在原地。

「他們只是在假裝自己是見習生，」焰掌解釋道，「他們想幫忙。」

「小貓之所以要到六個月大才能當見習生，是有原因的，」黛西喵聲道，同時一臉惱怒地抖動耳朵，「他們還太小，要他們幫忙並不安全。」

「我想是吧……」焰掌嘟囔著，開始覺得自己也像小灰一樣充滿愧疚。**她對我說話的語氣，好像也當我是小貓似的！**

「以後，」黛西接著說，「如果你看到有小貓在沒有貓兒看管的情況下到處亂跑，就該來找我或者點毛。好了，小貓們，該去午睡了。」

三隻小貓拖著腳步走出窩穴，然後停下來甩甩毛髮，把青苔和碎屑全甩到長老身上。「我們再也找不到好玩的遊戲了！」小灰抱怨道。

「戳瞎你的眼睛可就不好玩了！」黛西反駁道，並用尾巴將小貓們圈起來，趕回育兒室裡去。

焰掌目送他們離開後，開始收拾剩下的臥鋪。他煩躁地甩甩尾巴。**我做什麼都不對，**他心想，**連跟小貓玩也不行。**

太陽已經落到樹林後方，但是仍有天光。這時正在生鮮獵物堆旁吃一隻松鼠的火花皮揮著尾巴叫焰掌過來。「過來一塊吃吧！」她邀請道。

焰掌頓時覺得窩心，心想他母親竟然特地叫他過去。他緩步走過去的時候，心裡還在想她是不是要問他評鑑不及格的事。雖然那已經是幾天前的事了，但他們至今還沒談過。**因為我們從不談論那些難以啟齒的事。**

顯然火花皮現在也不打算談。「你今天過得好嗎？」她問道。焰掌總覺得她的語氣聽起來既禮貌又正式，就像在跟另一個部族的貓兒說話。

「很好，謝謝，」焰掌同樣禮貌地回答，「我剛有跟百合心上戰技課。」

「我相信你表現得很好。」火花皮將松鼠推給他，「來吧，吃點東西。」

焰掌將尖牙戳進那鮮嫩的松鼠肉裡時，心情稍微輕鬆了一點，只是當他看到百合心大步朝他走來時，又不免緊張地抬起頭來。百合心深色的虎斑毛髮全豎了起來，尾尖不安地抽動著。

完了！焰掌在心裡呻吟道。**我又做了什麼惹她生氣的事？**

「我剛和黛西談過，」百合心喵聲道，同時在他身邊停下，「你剛叫點毛的小貓們幫你做見習生的工作？」

「沒有，我沒有！」焰掌憤憤不平地駁斥，「他們來找我的時候，我正在清理長老窩，他們想玩見習生的遊戲。我只是順著他們的意思——我沒有惡意。」

百合心瞇起眼睛，盯著他好一會兒。「和小貓玩遊戲是沒有什麼不對，」她終於開口說道，「但你必須小心，他們不應該做見習生本該做的事。」

焰掌覺得挫敗，他努力壓抑自己的情緒，但令他驚訝的是，他母親突然從獵物上抬起頭來，面對百合心。

「老實說，百合心，」她喵聲道，「這聽起來就像是個無心的錯誤。那些小貓那麼可愛，一旦他們的小腦袋瓜有什麼點子，就絕對會纏到對方答應為止。我相信焰掌已經學到教訓，不會再犯同樣的錯了——對吧，焰掌？」

「當然不會！」焰掌連忙回答，很是感激他母親的理解。

百合心躊躇了一會兒，這才滿意地點點頭。「好吧，明天早上還要訓練，明早見囉。」說完轉身走向獵物堆，幫自己選了一塊獵物。

「謝謝妳，火花皮。」焰掌喵聲道。

「不客氣。我相信你只是好意。現在別再為這件事煩心了，專心享用你的松鼠大餐吧！焰掌。」

焰掌愉快地照做。

火花皮安靜地吃了幾口，隨後抬起頭來，用一種略帶尷尬的表情看著焰掌。「我留意到——其實很難不留意到啦——你似乎在見習生訓練上遇到了困難。」

火花皮說話的同時，焰掌感覺自己羞愧和不安到毛皮好似燒了起來。本來火花皮幫他說話時，感覺還特別窩心。**但現在連她也來嘮叨我，跟其他貓兒一樣！**

「這對你來說一定很不好受吧，」他的母親繼續說道，「看到雀光成了正式的戰士，你卻還沒升格。這很焦慮吧？」

「關妳什麼事？」焰掌脫口而出，過往的憤怒再次湧上心頭。

火花皮看起來更尷尬了，不敢直視焰掌的眼睛。「這當然關我的事，因為你是我的孩子。」

「是哦，當然囉！」焰掌冷笑道。

「大家因為你親族的血脈都對你有很高的期許，」火花皮繼續說道，不理會他的打斷，「你出自一個曾為我們部族有著偉大貢獻的家族：赤楊心、松鼠飛、棘星，一直到——」

「火星。」焰掌苦澀地接話。

「沒錯。但我能理解你不想承受這種壓力——赤楊心和我也曾為此掙扎——可是我們無法改變自己的出身，我們也無法控制族貓們對我們的看法，更無法阻止他們在我們……嗯……有所掙扎的時候對我們議論紛紛。但能成為火星的血脈至親，這真的是一種恩賜。」

「我才不要這種恩賜！」焰掌厲聲說道。他本來不打算說的，可是當他看到火花皮驚訝地盯著他時，他知道自己必須說清楚，「我從來沒要求成為火星的後代，我也不覺得自己像火星的後代。每隻貓兒都說妳看起來很像他，雀光可能也像，至少她的毛髮還帶點橙色，但我是一隻毛色全黑的貓！」

就在他說話的同時，焰掌感覺到內心某種東西正在膨脹，或許是因為他母親對他的期許實在沉重到再也無法忍受，又或許是因為——他終於——在跟他母親討論一些必須認真看待的問題。

「而且，」他補充道，同時努力穩住自己的聲音，「我也不覺得自己跟妳很親，因為在我需要妳的時候，妳拋下了我。甚至在妳加入那些流放者的陣營時，連雀光都離開了我！」

「我沒有選擇——」火花皮開口辯解。

「這或許是真的吧，但妳連看都沒來看我！」焰掌打斷她，怨恨傾瀉而出。

火花皮瞪大眼睛，耳朵瞬間豎了起來。顯然她被他的這番話刺傷了。她沉默了好一會兒，才輕聲說：「你毛髮烏黑，就像你父親一樣。」

焰掌低頭盯著自己的腳爪。「也許雲雀歌能理解我，」他喃喃說道，「但我永遠不可能知道了。」

火花皮無助地搖搖頭，似乎不知道還能說什麼。而焰掌甚至也不記得說這些話給母親聽的目的是為了什麼。他的每根毛髮都像著了火一般灼熱，於是站起身，踉蹌走開，但也敏感地察覺到附近幾隻族貓投來的目光。

他經過赤楊心身邊，後者帶著好奇，目光溫柔地看著他，他差點就想停下腳步跟他說話。赤楊心向來對他很好，但他終究不是他父親。

焰掌繼續往前走，穿過荊棘隧道，停在樹叢下面，試圖讓自己冷靜下來。**我覺得自己像個笨毛球**，他告訴自己，並納悶為什麼每次他想要解釋自己的疑惑時，就會出現這種感覺。**我想要火花皮對我說什麼呢？她又能說什麼呢？**

「焰掌？」

栗紋的聲音從他身後某處傳來。焰掌轉身，看見溫柔的暗棕色母貓從營地的方向走來。當初火花皮因悲傷過度而無法照顧他時，是栗紋代為哺育他。

「你剛才看起來有點不太高興，」她喵聲道，「我很抱歉，我能幫上什麼忙嗎？」

雖然焰掌還是很難找到足以表達自己感受的言語，但他向來覺得跟栗紋談話比跟自己的母親輕鬆多了。「我只是……今天讓幾隻小貓幫了我一下忙，純粹只是好玩而已，可是百合心就罵我。為什麼我總覺得自己做的事情是對的，可是其他貓兒卻覺得我做錯了？我以為我是個好見習生，也以為我會成為一個好戰士……」

「你是啊，而且你一定會成為戰士，」栗紋安慰他，用鼻子蹭了蹭他的臉頰，「如果你確定自己準備好了，就主動要求百合心再做一次評鑑。你不需要等到她覺得你準備好了。你可以向她證明——以及向所有貓兒證明。尤其是向你自己證明，焰掌。我相信你。」她低聲喵嗚著。

栗紋的話令焰掌感動得好一會兒都說不出話來，最後，他用鼻子碰了碰她的鼻子。

「謝謝妳，栗紋。」

「別謝我，」他的養母喵聲道，「用行動向我證明吧。」

焰掌突然下定決心，他挺直身子。「我會的！」他承諾道，「我會盡一切努力，讓妳為我感到驕傲！」

第八章

河族營地上方的太陽正緩緩西下，整個部族都在等待蘆葦鬚和他的狩獵隊回來。每隻貓兒似乎都找到一些理由待在空地上。霜掌嗅聞得到空氣裡瀰漫著緊張和期待的氛圍，也感覺到自己的心臟正劇烈地撞擊著肋骨。她的毛皮因過度期待而微微刺癢，但同時也害怕那一刻的到來……蘆葦鬚就要聽到可怕的消息了。

蛾翅站在她旁邊，翻騰的思緒宛若無數隻小魚在她琥珀色的眼睛裡游動。她已經同意自己會親自向族長的兒子宣布霧星的死訊。

貓群和獵物的混合氣味宣告著狩獵隊的歸來。一股興奮不安的情緒如同一群嗡嗡叫的蜜蜂突然降臨空地，在貓群裡迅速漫開。霜掌看著戰士們從營地外圍的榛樹叢和荊棘叢裡零星走進來。豆莢光走在最前面，霧鼻和水花尾緊跟在後，然後是捲羽。霜掌又等了一會兒，以為會看到最後押隊的蘆葦鬚，但他沒有出現。四隻貓兒拖著大量獵物回來，但副族長並沒有同行。

蛾翅向前一步。「蘆葦鬚在哪裡？」她直接問道。

豆莢光停下腳步，放下他帶回來的兩隻田鼠，尾巴輕輕一甩。「蛾翅，見到妳真好，」他喵聲道，眼裡帶著戲謔，「蘆葦鬚沒跟妳在一起嗎？」

蛾翅搖搖頭，族貓們響起困惑的低語聲。霜掌的腳墊頓時一陣刺痛，覺得有股不祥的預感。

「我相信他很快就會回來，」霧鼻喵聲道，「你們有留意到我們帶回來的獵物嗎？

今天的狩獵成果太豐盛了！」

蛾翅的目光緩緩掃過整個隊伍。「我有個壞消息，」她宣布道，「霧星過世了。」

豆莢光眼裡的戲謔瞬間消失，他不可置信地瞪著蛾翅，最後終於開口問道：「怎麼會呢？那絕對不是祂的最後一條命！」

「這一切來得很突然，」蛾翅解釋道，「我相信祂沒有感受到太多痛苦。但這確實是祂的最後一條命。祂現在已經加入星族。霜掌和柳光交談過，祂歡迎霧星來到祂們的狩獵場。」

狩獵隊的四隻貓兒驚愕又默然地面面相覷好一會兒。霜掌注意到她母親看起來尤其震驚，眼睛瞪得斗大，難以置信。最後她打破沉默。「祂是偉大的族長。」

她的目光停留在霜掌身上好一會兒，眼神溫暖和同情，彷彿在詢問她是否安好。霜掌微微點頭，回應了她的關切。

「霧星很了不起，」捲羽接著說道，悲傷地垂下鬍鬚，「還記得祂在暗尾幾乎毀掉我們之後，如何讓整個部族重新團結振作起來嗎？」

「而且後來祂還英勇地進入黑暗森林擊敗灰毛，」豆莢光喵聲道，聲音裡充滿敬畏，「那時祂一定早就知道自己只剩最後一條命。」

「祂為祂的部族犧牲了那麼多！」水花尾大聲說道。

貓群同樣都帶著敬畏的心情低聲地喃喃說道，共同回憶起霧星的事蹟。他們緊偎在一起，彷彿正感受著失去族長的痛苦，就好像被一陣寒冽的冷風席捲整個部族。

最後蛾翅打斷大家的回憶。「說到蘆葦鬚……我們需要他。他必須盡快前往月池，獲得九條命，成為蘆星。」

豆莢光困惑地搖搖頭。「我不知道他去哪裡了。我們找不到他。我還以為他脫隊去追一隻兔子或什麼的。」

「沒錯，」捲羽喵聲道，「我們試圖找他——追蹤他的氣味，但昨晚下了雨，地面太濕，留不住氣味。最後我們想他應該會直接回營地等我們。」

「可是他不在這裡啊！」錦葵鼻說道。

夜天焦慮地眨眨眼睛。「我們應該擔心他嗎？」她問道。

「現在說擔心還太早。但蘆葦鬚是很負責任的戰士，」蛾翅喃喃說道，像在自言自語，「他不會隨便亂跑的。」霜掌看見她導師眼裡閃過一絲慌張，不一會兒，她就挺直身子，顯然正努力保持冷靜，「不會有事的，」她宣告道，「豆莢光說得也許沒錯。最可能的情況是他在追獵物時分了心，結果跑進某個難以脫身的峽谷裡，或者他迷路了也說不定。」

真的嗎？霜掌無法抑制自己的疑慮。**他那麼熟悉我們的領地，怎麼可能迷路？**雖然她希望蛾翅是對的，但她開始相信蘆葦鬚可能出了什麼事。也許他發生了意外，或者撞見一隻狐狸或獾。**但我不能說出來，這只會讓族貓們更擔心。**

「天色正在變暗，」蛾翅繼續說道，她站得筆直，顯得信心十足，「如果我們想今晚找到他，就得現在派出搜索隊。」

「沒錯，我們必須盡快找到他！」捲羽直言道。

「這都什麼時候了，還發生這種事！」暮毛說道，同時蓬起毛皮。

「他在想什麼啊？」鴞鼻抱怨道，「他應該帶領狩獵隊的，而不是像一些愚蠢的見習生一樣到處亂跑！」

某隻貓兒在貓群後方開口說話，空洞的聲音透露出焦慮。「要是我們永遠找不到他怎麼辦？」

「我們一定會找到他的，」捲羽果斷地說道，「我們必須找到他。不然的話……」她的聲音越說越小。

霜掌看到蛾翅皺了皺眉，卻什麼話也沒說。但霜掌不需要這隻巫醫貓開口，也懂她母親的意思。**不然河族就沒有族長了**。那麼接下來會發生什麼事呢？**這種事情以前曾經發生過嗎？**

「蛾翅，妳要挑選搜索隊的成員嗎？」捲羽問道。

蛾翅遲疑了片刻。霜掌看到她環目四顧，這才意識到顯然沒有貓兒有資格做這個決定。身為巫醫貓的蛾翅可以做這件事嗎？還是該找一位資深戰士來負責？

這時這隻金色虎斑母貓甩了甩身上的毛髮。「是的，捲羽，謝謝妳。鴞鼻、黑文皮、蜥蜴尾，你們來帶隊，就帶上你們想帶的貓兒一起去吧。豆莢光，你和你的狩獵隊不用再出去了，但得在這裡組織一支守衛隊，以防有什麼我們不知道的麻煩事發生。」

「我們會確保營地的安全。」捲羽保證道。

「如果我們撞見影族或風族的邊界巡邏隊呢？」鴞鼻問道，這時貓兒們正各自分成小組，「我們要提……？」

「還不要，」蛾翅果斷回答，「現在我們最不需要的就是其他部族來插手我們的事。但如果蘆葦鬚到明天早上還是失蹤，我們就沒有選擇了。」

搜尋隊一出發後，營地立刻顯得荒涼。狩獵隊將他們的獵物放進生鮮獵物堆裡，獵物多到前所未見，堆積如山，但貓兒們都無心進食，只是無精打采地啃著獵物。

「我們必須為霧星的守靈儀式做好準備。」蛾翅宣布道。

霜掌一想到這件事，就頓時有種筋疲力竭的感覺。蘆葦鬚失蹤這件事所帶來的震撼程度早就嚇得她把族長的告別儀式給拋到腦後了。

「向霧星致敬不是件難事，」閃皮喵聲道，「對我們來說，祂在河族的地位何等重要。祂為貓兒們做了這麼多……」

蛾翅喉間突然哽咽，隨即轉身奔過空地，消失在她窩穴的方向。

「她一定很累了，」霜掌對她的母親低聲說道，「她努力想救霧星，後來又不得不為整個部族堅強起來。我猜現在搜索隊已經出發，她才會再也抑制不住自己的悲傷。」

捲羽搖搖頭，帶著憂傷和憐憫的神情嘆了口氣。「長久以來，蛾翅和霧星的感情一向很好，」她喵聲道，「自從她們解決了叛徒這方面的爭執，讓蛾翅從影族回來之後，她們的感情就更好了。」

霧鼻附和地點點頭。「沒有了霧星，我們要怎麼繼續走下去？祂帶領我們度過了那麼多難關。」

「蘆葦鬚會是一個好族長，」豆莢光難過地說道，「但一切終究不一樣了。」

當他們還在討論失去霧星這件事時，霜掌緩緩起身。她母親疑惑地看著她，霜掌低聲說道：「我應該去安慰一下蛾翅。」

霜掌向其他貓兒垂頭致意後就走出空地，往下跳到溪流與巫醫窩之間的那片卵石灘上。她撥開垂擋在入口的植物，看見蛾翅緊緊蜷縮在自己的臥鋪裡，用爪子和尾巴遮住臉，全身劇烈地顫抖。

「蛾翅？」霜掌輕聲說道。巫醫貓沒有回應。霜掌踏入窩穴，將一隻腳爪輕輕放在她導師的肩膀上，「我很抱歉，」她繼續說道，「我知道妳跟祂感情很好。」

「我不敢相信我再也不能跟祂說話了。」蛾翅的聲音悶悶的，她沒有動，也沒有抬頭看霜掌，「之前我留在影族，結果害我跟祂失去了那麼多相處的時間。也許是我當初太驕傲了。」

「霧星也很驕傲啊，」霜掌在臥鋪旁邊坐下，毛髮輕觸蛾翅的身體，「但祂後來也承認祂站在灰毛那邊是錯的。而且我知道祂能理解妳為什麼當時選擇離開。」她喵聲安慰蛾翅。

蛾翅長嘆一口氣，側過頭看著霜掌。「妳覺得霧星會願意跟我說話嗎？」她問道，「妳能去星族看看祂嗎？」

「我不確定這樣做行不行得通，」霜掌回答道。她才剛當上見習生，卻得向自己的導師解釋這些事，這令她覺得有點怪。**但這裡有誰能跟我解釋呢？**「據我了解，都是星族貓主動來找我們交流，而我們不能選擇要跟誰說話。」

「但妳可以試試。」蛾翅琥珀色的目光帶著渴望，「我不清楚該怎麼做。我向來被星族排除在外——或者說，是我自己切斷了聯繫。但是……霜掌，妳不能試試看嗎？」

霜掌不確定這能否成功。她只和星族接觸過兩次。但即便如此，她也沒能跟貓靈真正交談過。但是她很在乎她的導師——這隻悲痛欲絕的貓兒。她想幫忙減輕痛苦。「當然可以。」她回應道。

求求祢們，星族，別讓我失敗，她祈禱道。**不然只會害蛾翅更痛苦。**

她伸出爪子，放在蛾翅的爪子上，然後閉上眼睛，努力回想當初她要引導霧星進入星族時所做的事情。**求求祢們，**她心想，同時努力將思緒往上飄移，穿過不可測的距離，直達星辰。**求求祢，霧星……**

有很長一段時間，霜掌什麼都看不到，眼前只有翻騰的灰霧。那天的記憶片段在她腦海裡閃現：霧星倒下的那一刻、捲羽警告他們必須盡快找到蘆葦鬚、堆積如山的生鮮獵物堆。

然後一個聲音在她腦海裡響起：**我們必須繼續前進。**

霜掌的心跳加速，因為她認出那是霧星的聲音，響亮到就像祂在召集族貓開會那般有力。她全神貫注地回憶霧星臉上的每個細節，最後捕捉到一閃而逝的冰藍色眼睛。

霧星！她在心裡急切地喊道，**是祢嗎？祢還好嗎？**

但那道藍光迅速消失。霜掌一次又一次地想找回那個瞬間，就在她急切地等待重新建立連結時，那片沉默變得越來越沉重。除了翻騰的灰霧，她什麼也看不到。現在就連她的記憶也慢慢遠離。她必須承認她的嘗試已經結束。

最後霜掌睜開眼睛，看見蛾翅滿懷希望地注視著她。

「妳看到什麼了嗎？」巫醫貓問道。

霜掌點點頭。「我看到了，」她輕聲回答，「霧星告訴我，我們必須繼續前進。」

蛾翅驚訝地倒抽口氣。「我就知道祂會跟我們說話，」她喃喃說道，「祂知道我會很想念祂……但祂說得對，我們都必須繼續前進。」她伸出一隻爪子，輕輕放在霜掌的爪子上，「謝謝妳，」她喵道，「我由衷地感謝妳。」

儘管這一天下來的種種可怕經驗令霜掌餘悸猶存，難過傷心，但聽到蛾翅這麼說，她的心又暖和了起來。

我幫助了我的導師，也幫助了我的部族。

第九章

陽照腳步輕快地穿過營地，光是這個動作就令她興奮到爪子微微刺癢。她終於從巫醫窩裡被放了出來，獲准重拾戰士職責，這是這幾天來她第一次可以參加狩獵隊。她幾乎能嚐到即將被她捕獲的獵物所散發出的溫熱氣息與滋味。

褐皮正在戰士窩外集合她的狩獵隊。焦毛和螺紋皮站在她身旁待命。當陽照意識到狩獵隊第四名成員是光躍時，她的腳步不由得慢了下來。

陽照頓時焦慮起來，興奮感瞬間消退。她想起前一天虎星因光躍從樹上墜落那件事找她談過話。他雖然沒有懲罰她，卻責怪她配合光躍說謊。「妳小心點，」他警告她，「我會盯著妳。」

太不公平了！她憤怒地想道，**我又沒做錯事，最後還惹得一身腥。**

但是比起族長的訓斥，陽照現在更擔心的是光躍不想再當她的朋友。**如果她敵意還是那麼深，我要怎麼專心工作啊？**

褐皮帶領著她的隊伍朝湖邊走去，方向是河族邊界的綠葉兩腳獸地盤。營地的氣味都還未完全消散，陽照就留意到光躍已經落到隊伍最後方，只見她低著頭，垂著尾巴，了無生氣地走著。

陽照放慢腳步，刻意與隊伍裡的其他貓兒拉開距離，以便跟光躍並肩同行。**如果她願意讓我解釋我之所以告訴影望的原因，她就會明白我只是想幫她，那麼也許我們還能**

再當好朋友。

「光躍，我必須跟妳談一下。」她開口說道，「我絕對不是故意害妳惹上麻煩的。我告訴影望是因為——」

「沒錯，妳是告訴了影望。」光躍嘶聲打斷她，轉過頭來怒瞪陽照，「但妳曾經答應我不會告訴任何貓兒，我也相信妳！」

「對不起，我只是想幫妳。」陽照為自己辯解，「光躍，我知道妳有多不開心。但老實說，沒有貓兒會因為妳沒進去黑暗森林就責怪妳。我自己也不敢踏進去啊，就算只是去抓那裡的老鼠，我也不敢去。妳真的不必——」

「我不想討論黑暗森林。」光躍打斷她，同時咧開嘴皮，低聲嘶吼，「而且我不想跟妳說話。」

「可是我只是想當妳的朋友……」

陽照的聲音越說越小，因為光躍加快了腳步，追上隊伍。但就在她快追上的那個當下，她又覺得自己其實不想跟他們走在一起，於是轉個方向，獨自走開。

陽照感覺胸口微微刺痛，宛若有隻巨大的爪子壓住她的心臟。**光躍甚至不願跟我說話！**這時，她聽到一聲微弱的尖叫聲，隨即戛然止住，原來是有族貓抓到一隻老鼠。陽照這才意識到，自她離開營地後，滿腦子想的都是光躍，甚至沒有試著去嗅聞獵物的氣味或聆聽聲響。**我再不專心的話，一定會搞砸這次的狩獵。**

陽照抬起頭朝褐皮喊道：「我去那邊試試！」她用尾巴指向一處灌木叢長得更茂密

的地方。

「好！」褐皮喊了回來。

陽照順著一條狹窄的草徑走去，兩邊都是蕨叢。她豎起耳朵，每走幾步就停下來嗅聞空氣裡的氣味。沒多久，她來到一個低窪處，剛好能蹲在拱起的蕨葉底下等待獵物出現。但即便如此，她還是沒辦法專心去辨識周遭的氣味與細微的動靜。

光躍會不會有一天肯原諒我，再當我的朋友？如果她不肯怎麼辦？

她滿腦子都是陰鬱的想法，以致於沒注意到有隻松鼠從她旁邊跑過去，尾巴甚至差點掃到她鼻尖。她立刻從蕨叢裡衝出來，伸出前爪想抓牠，但太遲了。她追著獵物，後者朝最近一棵樹衝過去，竄上樹幹，而她竟還落後好幾隻狐狸身長的距離。松鼠停在她頭頂上方的樹枝上，陽照看得出來那根樹枝太細，根本無法承受她的重量。

「該死的狐狸屎！」她吼道，同時抬頭怒瞪松鼠，「好吧，這次算你走運！但小心點，下次就沒那麼好運了！」

錯失了一次本該輕鬆抓到的獵物，這令陽照更為沮喪。**我必須振作起來，像個真正的戰士一樣好好表現！**

就在她轉過身，決定拋開煩惱，專心狩獵時，竟聽到遠處傳來一聲憤怒的嚎叫，好像有某隻貓兒突然被敵貓嚇到一樣。隨後傳來貓兒打鬥的咆哮聲，但因距離太遠，聽起來若有似無。

陽照愣在原地，朝那個方向豎起耳朵。她沒有再聽到任何動靜，於是謹慎地朝聲音傳來處走去。她穿梭林間，盡量找蕨叢或樹幹下的陰影來掩護自己。

心跳得越來越快的陽照努力思索是誰可能在影族的領地上打鬥。**我們現在沒有任何仇敵啊。**自從棘星從黑暗森林歸來以及灰毛被打敗後，部族之間都和平相處。**那一定是惡棍貓囉！**

想到這裡，陽照瞬間沒了膽。她從來沒跟惡棍貓交過手，但夜間圍坐在獵物堆旁的長老們常會說起那些可怕的故事。她試圖想像自己戰鬥的樣子，重溫那些能派上用場的最佳招式和技巧，但這只讓她更意識到，她根本不知道自己將面對多少隻敵貓。她清楚明白自己已經脫隊，此刻只剩下她一隻貓。

捲入這場戰鬥是明智的嗎？

陽照自認最聰明的做法是回頭去找其他族貓，把她聽到的聲響告訴他們。褐皮是最資深的戰士，就由她來決定接下來該怎麼處理。

再說，她心想，**那聲音真的很遠，甚至可能來自河族的地盤，如果真是這樣，那就是他們的問題了。**

她轉身朝她剛離開狩獵隊的那個地點走去。這時微風吹來，葉子撲撲拍動，蕨葉前後搖曳。陽照的鼻子抽動了幾下，嗅到了氣味，立刻辨識出影族的味道，她頓時鬆了口氣，原來她離狩獵隊的距離比想像中來得近。

隨後那氣味越來越濃，陽照認出那是光躍的氣味！

蕨葉一分為二，棕色虎斑母貓一瘸一拐地走出來，方向正是陽照聽到奇怪聲音的來處。對方一看到陽照，立刻停下腳步，臉上尷尬的表情迅速轉變成懷疑。

「妳在跟蹤我嗎？」她的聲音充滿敵意，「妳是在監視我？」

「沒有，我沒有，真的。」陽照急忙回答，「我只是努力在找獵物，但那隻被星族詛咒的松鼠竟然逃掉了。」

她試圖幽默卻完全沒有起作用，光躍只是轉身背對她，跛著腳離開。

「妳怎麼了？」陽照在她後面喊道。**剛才我聽到的打架聲是光躍跟惡棍貓嗎？也許她又冒險行事了？她是不是受了重傷？**

光躍停下腳步，回頭看她一眼。「沒什麼事，」她回答道，「我只是踩到一根刺，就這樣，別管我。」

陽照跟了上去，想提醒她不該輕忽自己的傷勢，尤其是在可能對部族造成威脅的情況下。**如果有惡棍貓在我們的領地裡，必須讓虎星知道才對。**她焦急地掃視光躍全身上下，尋找其他傷口，還好沒有發現任何異樣。光躍看起來一點也不像剛打過架的樣子。**她說的可能是實話，**陽照想，**如果我暗示她說謊，她只會更生我的氣。**

她決定不再說什麼，但光躍卻突然停下腳步，霍地轉身對著她怒吼：「別再像隻小笨貓一樣跟著我！『別管我』這三個字妳到底哪裡聽不懂？」

「我只是想當妳的朋友！」陽照抗議道，「但看在星族老天的份上，光躍，妳別再為難我了。」

那一刻，她以為自己的真心終於感動了光躍。後者愣在原地，沉默地盯著她。但那個片刻稍縱即逝，光躍發出一聲憤怒的低吼，轉身獨自走開，不再理會陽照，害陽照的心情比剛剛離開狩獵隊時還要難受。不知怎麼搞的，這場爭執過後，情況非但沒有變好，反而讓光躍更敵視她的朋友。

我還是去找其他貓兒吧，她疲憊地想道。**我看還是不要把那個奇怪的聲響告訴褐皮。我不想再惹上什麼麻煩了，上次告發光躍就沒什麼好下場。而且我確信那不是什麼大不了的事。**

✦✦✦

陽照坐在影族營地的戰士窩外面，目光緊緊盯住光躍。光躍正蹲在生鮮獵物堆旁，與她的妹妹撲步分食獵物。雖然陽照剛黎明巡邏回來，已經吃過老鼠，肚子還很飽，但她一點也不開心，心裡仍隱約不安，總覺得自己昨天應該更仔細地調查那個奇怪的聲音，或至少向褐皮報告。

但現在有個更迫切的問題：光躍會不會有一天就原諒她了，忘記她的背叛，重新再當她的朋友？自從狩獵回來後，陽照已經多次想跟光躍說說話，但每次光躍都只是冷冷地轉身，或者故意無視她，改找其他族貓熱絡交談。

還有她昨天到底獨自在那裡做什麼？

營地入口的動靜打斷了她的思緒。她坐起來，看見剛出去的狩獵隊正護送河族的噴噓雲和蕨皮走進空地，後兩者抬高頭，眼睛瞪得斗大，步伐僵硬地來到營地中央，陽照立刻察覺到有事情不對勁。

苜蓿足本來在生鮮獵物堆旁跟著草葉分食一隻松鼠，這時站起來，走向兩名訪客。陽照也跟著站起來，悄悄靠近，好奇地想知道怎麼回事。光躍也跟著部族的副族長走過去，眼裡閃著興味的光。

她看起來既不擔心，也不愧疚，陽照鬆了口氣地想道。**這件事應該和昨天發生的事沒有任何關係。**

「你們好，」苜蓿足率先開口，微微點個頭，語氣有點冷淡，「你們來這裡有什麼要事嗎？」

「妳好，苜蓿足，」蕨皮停在副族長面前，「我們想問一下，你們族裡的貓兒有看到蘆葦鬚嗎？」

苜蓿足眨眨眼睛，顯得有些困惑。「我沒有，」她回答，隨即轉過身，目光掃過在場所有族貓，「蘆葦鬚？有誰看到他？」

除了搖頭，沒有貓兒回應。

「你們怎麼會認為蘆葦鬚會出現在影族的領地上？」苜蓿足問道，「你們當然不會承認他可能擅闖我們的領地吧？」

站在蕨皮身後的噴噓雲聽到這話，驚慌地看了看他的族貓，但玳瑁色母貓依舊冷靜。「當然不是，苜蓿足，」她回答道，「我們沒有理由認為他會在這裡。但他外出狩獵未歸，霧星希望他快點回到營地。沒有什麼好擔心的。」

「那就慢走不送了。我的族貓會護送你們到邊界。」

蕨皮張嘴似乎想駁斥沒有護送的必要，但旋即閉上嘴巴，顯然覺得還是別爭辯比較好。「謝謝你們的協助。」她最後喵聲道。

河族貓在影族貓的左右護送下，離開了營地。就在他們即將消失於灌木叢時，噴嚏雲回頭看了一眼，同時喊道：「要是你們有誰看到他，請告訴他我們在找他。」

河族貓一離開，影族貓兒們便興奮地低聲交談起來。熾火悠哉悠哉地走了過來，站在陽照旁邊。

「好奇怪哦！」她轉頭對他說道。

熾火聳聳肩，「別想太多，」他建議道，「河族貓一向古怪，不是嗎？」

「我想是吧。」雖然陽照同意熾火的說法，但她仍記得森林裡傳來的打鬥聲響，還有光躍在狩獵途中出現時的瘸腿模樣。**這一切會不會有什麼關聯？**

「我有件事要告訴你，」她對熾火喵聲道，「跟我來，我們找個沒有貓兒會聽見的地方談談。」

熾火翻了個白眼，神情帶著一絲玩笑，但他沒有反對，還是跟著陽照走到營地邊緣他們最喜歡待的平坦岩石那裡。

等他們坐定後，陽照才繼續說道：「我還是很擔心光躍。」她描述了光躍是如何在狩獵途中脫隊，而自己後來也獨自去打獵的事情，「可是等到我們再碰面時，光躍居然指責我監視她。我知道她現在過得不容易，」她最後說道，「但如果她真的在祕密地進行什麼事——不管那是什麼，天知道會出什麼意外？」

陽照停頓一下，不願將自己最壞的打算告訴熾火，就算是他也不行。**要是光躍真的有見到蘆葦鬚，還和他打了起來呢？她可能是因為他擅闖領地而攻擊他，若果真如此，她為什麼不報告呢？哦，我不能把這件事告訴任何貓兒！這只會害我和光躍之間的關係更惡化。**

熾火顯然在等她繼續說下去。陽照隨即想到一個沒那麼愚蠢的說法。「一個心不在焉的戰士對她的族貓來說會是個負擔，對吧？」

令她沮喪的是，熾火看起來並不像她預期得那麼擔心。「妳只是因為自己也跟隊伍走散了，才遇到光躍，」他冷靜地指出，「這樣說來，妳不也一樣是個『心不在焉的戰士』嗎？」

「那不一樣！」陽照抗議道，但她知道自己的說法並不具有說服力。

「我知道妳很關心光躍，」熾火繼續說道，並用尾尖輕輕地碰了一下陽照的肩膀，「妳是個好朋友。但妳不能對她太苛責，或是過分執於什麼規定。別忘了，光躍的父親可是我們的族長，但妳不是。」

「我知道誰是我們的族長！」陽照回應道，覺得很受傷，因為熾火居然指責她，而不是站在她這邊。

「也許妳應該放輕鬆點。」熾火建議道。

「也許吧。」陽照幾乎說不出話來。她原本確定熾火一定會支持她。但他反而把她對光躍的擔憂當成停在獵物上的一隻蒼蠅般揮開。他平常都會同意她的，不然就是親暱地取笑她太過執著於一些規矩，但這次他沒有取笑她。

陽照轉過頭去，掩飾自己被背叛的感覺。**哦，熾火，我知道事情真的真的很不對勁！星族在上，我該怎麼辦呢？**

第十章

焰掌在擎天架的峭壁底下來回踱步，不時抬頭望向族長窩穴的入口。他聽到身後傳來腳步聲，嚇了一跳，霍地轉身，看見他姊姊雀光。

「妳把我的毛都嚇得掉光了！」他驚呼道。

「抱歉，」雀光輕輕用尾巴掃過他的身側，「但你也沒必要那麼緊張吧。」

「這對妳來說當然輕鬆，」焰掌咕噥道，「妳已經是戰士了。但這次的評鑑對我來說真的很重要。」

「放輕鬆，」雀光說道，同時用鼻子輕輕頂了頂焰掌的肩膀，「相信你的本能，別老是想著上次怎麼搞砸的。」

搞砸？焰掌瞬間被姊姊的直白激怒。**但她說得沒錯**，他承認，**發火也沒用。不管是對她，還是對我自己……**

焰掌點點頭，試圖讓殘留的怒火像陽光下的霧氣那樣消散。他知道自己當時不該太過炫耀。**如果我當初沒那麼蠢，非要逞能，我現在早就是戰士了。**

「妳說得對，」他告訴雀光，「我必須把那些事全拋到腦後。今天，棘星答應會來看我，給我支持，因為我是他的親族血脈。」

說出這句話時，焰掌無比驕傲。**我的族長特地為了我不嫌麻煩！即使我得承受來自我那顯赫家族的壓力，不過至少對我是有好處的，**他暗自帶著一絲苦笑想道。

「你確定嗎？」雀光懷疑地看了一眼擎天架上的窩穴，「今天好像沒有貓兒見到棘星。他已經很久沒從窩穴裡出來。而且我剛剛好像聽到他跟松鼠飛在上面爭執。」

「棘星答應我他會來，」焰掌向她保證道，「我們的族長不會食言的。」

他想起棘星當時做出承諾時的神情：琥珀色眼睛裡滿是關切與肯定的光芒。曾經很長一段時間焰掌都覺得自己並不屬於這個部族，但最後在那溫暖的目光下，他又看到了一條可以自我證明的道路。

此刻他不耐地彎了彎爪子，總覺得自己身上的每根毛髮都很緊繃，等著評鑑開始。**要不要告訴棘星我準備好了？這樣他會不會快點動身？**

焰掌猶疑不定地朝擎天架底下的亂石堆走了幾步，這時守衛營地入口的嫩枝杈突然大聲喊道：「有河族貓！」

焰掌把頭朝向聲音來處，結果看到四隻貓兒正從荊棘隧道裡頭走出來。罌粟霜走在最前面，兩名河族戰士緊隨其後……焰掌認出她們好像是鯉尾和黑文皮。錢鼠鬚殿後。

「我們在巡邏邊界的時候遇見這些貓，」錢鼠鬚向他的族貓們大聲說道。他瞥了外來者一眼，問道：「妳們要見棘星嗎？」

兩隻母貓都搖搖頭。「噢，我們不想打擾他，」鯉尾喵聲道，「我們只是想知道，有沒有貓兒見過蘆葦鬚。他有來過這裡嗎？」

焰掌疑惑地看了雀光一眼。「蘆葦鬚，來這裡？他們腦袋裡裝了蜜蜂嗎？」他喃喃自語地說道。

所有雷族貓都以同樣茫然的表情看著外來者。「蘆葦鬚為什麼要來這麼遠的地方？」錢鼠鬚語帶不解地問道，「尤其他還得穿過其他領地才能抵達這裡？他是需要見松鼠飛還是棘星？」

「噢，沒什麼特別原因，」鯉尾回答的速度快到令焰掌起疑，他開始納悶她是不是在隱瞞什麼？「這並不重要。」

「只是他在沒有告訴任何貓兒的情況下就離開了，」黑文皮解釋道，「所以我們巡邏時，心想順道過來問一下，有沒有貓兒看到他。」

「沒有。我們都沒看到。」蜂紋的聲音冷冰冰的。

鯉尾禮貌地低下頭。「不管怎樣，謝謝你們。那我們走了。」

「抱歉打擾了。」黑文皮補充道。

兩隻母貓轉身快步穿過荊棘隧道跑了出去。她們突如其來地離開，令剛護送他們過來的雷族貓兒措手不及，趕緊跟了上去。

「這太奇怪了！」焰掌邊說邊跟著雀光前往聚集在營地入口的貓群那裡。

跟在他後面的蜂紋發出一聲輕蔑的冷笑。「河族向來很奇怪。」

「一定是他們魚吃太多了，」櫻桃落補充道，「而且他們好像弄丟了副族長。怎麼會把地位這麼重要的貓兒弄丟了？」

竹耳聳聳肩。「誰知道？」

「我想知道的是……」刺爪提高音量，蓋過貓群的議論聲，「她們兩個真的是在巡邏嗎？而且剛好巡邏到雷族邊界這麼遠的地方？她們得穿過另一個部族的領地才行啊。她們絕不是『順道過來』的，她們來這裡一定有原因，也許不是為了找蘆葦鬚。」

「刺爪說得對，」嫩枝杈喵聲道，「你們都不擔心她們是不是在策畫什麼？別忘了，霧星曾經站在冒牌棘星那邊。我們怎能確定她把所有部族的利益都放在第一位？」

蜂蜜毛怒視嫩枝杈，肩上的毛豎了起來，尾尖緊張地抽動著。「就算霧星當初站在冒牌貨那邊又怎樣？」她厲聲反駁道，「很多貓兒也都曾站錯邊——即便是雷族裡的貓也一樣！」

她的話引起騷動。曾在灰毛控制棘星時反叛過冒牌貨的貓兒們，以及那些始終相信他是棘星並忠心耿耿的貓兒們竟互相對峙了起來。焰掌後退一步，驚恐地看著眼前炸起的毛、狂甩的尾巴和各種齜牙咧嘴。當時冒牌貨在統治雷族時，他還只是見習生，但是火花皮站在反對的那一方，這也害得焰掌和他母親還有姊姊分隔兩地。他環顧四周，看到火花皮也在貓群中，橘色的毛髮豎得筆直，她正怒瞪著蜂蜜毛。

「我們以後一定要對任何叛變做好萬全準備，」獅焰低聲吼道，「才不會再有冒牌貨敢欺騙雷族。」

「這種事當然不會再發生了啊，」鰭躍試圖用平和的語氣說道，「這世上哪有那麼多像灰毛那種貓？」

獅焰僅以喉間發出的低沉咆哮聲回應。

「他們不會真的打起來吧？」焰掌小聲對雀光說道。

他姊姊不安地眨眨眼睛，「應該要有貓兒阻止他們。」她回答道，同時抬頭看了擎天架一眼。

焰掌終於鬆了口氣，因為他看見松鼠飛從族長窩裡走出來，輕盈地一路跑跳而下亂石堆，停在憤怒貓群的外緣。「看在星族的份上，你們在搞什麼？！」她厲聲質問道。「算了，不用告訴我，我也不想知道。趕快解散吧！你們難道沒有工作要做了嗎？」

她這番尖銳的話使憤怒的貓兒們冷靜了下來，尷尬地各自退開，表情羞愧。嫩枝杈走回隧道口的崗位上，獅焰則在集合狩獵隊。

松鼠飛用銳利的綠色眼睛看了一會兒，確定這場激烈的爭執結束了，才轉向焰掌。「你準備好要接受評鑑了嗎？」她問道。

焰掌嚇了一跳。剛才的混亂場面害他差點忘了今天的評鑑。聽到松鼠飛的話，他原本樂觀的態度竟有些鬆動。「棘星不會來嗎？」

松鼠飛的目光迅速掃向族長窩，臉上掠過一絲陰影。焰掌覺得她看起來有些不安，儘管她在試圖掩飾。「棘星有別的事要處理，」她解釋道，似乎在小心斟酌自己的措辭，「所以今天由我來代替他吧。你去找百合心，我們準備出發。」

焰掌點點頭。「好的，松鼠飛。」

不過當他拖著腳步穿過營地，去叫醒還在戰士窩裡的百合心時，卻覺察到內心深深的失望。他本來以為自己很特別——甚至非常重要——因為他以為族長會親自來看他的評鑑，這使他充滿信心，也使他相信自己真的很有天分。**大家總是說我很特別，原來**

那種與眾不同也只是說說而已。

現在這一切都不一樣了。

也許棘星不來，是因為他知道你會失敗，焰掌腦海裡傳來一個惱人的聲音。他知道這想法有多鼠腦袋，但就是無法將它從腦海裡甩開。

我早該知道的，他苦澀地想。**我早該知道棘星不會信守承諾。我的其他親族也從未信守過承諾，他又怎會例外呢？**

✦✦✦

焰掌蹲伏在舊轟雷路旁的長草叢裡，藏身在廢棄的兩腳獸巢穴的暗處。這一次他不想再去搜找什麼驚人的獵物。他下定決心，無論有什麼獵物出現，他都要直接捕捉。但不幸的是，目前為止，都沒啥獵物。

感覺我彷彿在這裡等好幾個月了，他心想。**百合心一定又會讓我不及格，因為這裡根本沒有獵物。**

焰掌仔細嗅嚐空氣，除了隱約捕捉到畫眉鳥的氣味，還有另一種他辨識不出來的鳥類氣味。但那氣味很淡，也很遠，這還是他頭一次在這裡嗅聞到的獵物氣味。

這會不會是評鑑的一部分？他自問道。**也許百合心要我從這裡開始，是希望我能施展出一些新的身手？**

焰掌從長草叢裡溜出來，沿著舊轟雷路，朝著那股氣味的方向緩步前行。不久，他看到一隻畫眉鳥正在灌木叢間撲撲地拍翅跳動。

太好了！

焰掌腹部平貼地面，悄悄匍匐前進，動作輕盈到連自己的腳步聲都聽不見。他記得先檢查風向，並把目光掃過地面，尋找任何可能因誤踩而暴露行蹤的樹枝或枯葉。

希望百合心正在看著我。

畫眉鳥飛到一根低矮的樹枝上。焰掌的心臟因期待而劇烈跳動，他正耐心等待牠再飛下來。時間慢慢過去，他開始覺得不耐煩，心裡盤算著：自己如能直接跳上樹，這成功機率有多大？

這時一道陰影掠過他頭頂。焰掌抬頭一看，這才明白另一股未知的鳥味來自何方。

一隻老鷹！

焰掌清楚看見那雙帶著斑紋的灰色翅膀、鉤狀的鳥喙以及鋒利的爪子。老鷹從他的頭頂飛掠而過，然後再次升空。**牠也看到那隻畫眉鳥嗎？還是牠只是飛過而已？**他心裡默默思索著。

焰掌仔細觀察老鷹，意識到牠一定有看到那隻獵物，不然牠早就飛走了，或者早就找到一根樹枝棲息了。

我的速度會比老鷹快嗎？

焰掌閉上眼睛思索了一下，這時又倏地驚恐睜開。他暗地裡想，有一隻老鷹在附近盤旋，他竟然還敢閉上眼睛，這實在太蠢了。但如果他能在兇猛的鳥喙底下搶走畫眉鳥，那可就一點也不鼠腦袋了。

他滑出利爪，深深戳進地面，整個身體緊繃成一團，很是緊張。他想像部族副族長誇讚他的膽識，綠色眼睛因他的技藝而驚詫地瞪得斗大。她會告訴他，從未見過如此精采的獵捕畫面。她甚至可能會告訴棘星，然後族長就會後悔錯過了親眼目睹的機會。他的腦海裡流轉著這幅畫面，並說服自己必須完成這個挑戰。

他等到老鷹又飛得更高時，才後腿猛力一蹬，縱身一躍，朝畫眉鳥棲息的樹枝飛撲而上。他揮出一隻前爪擊打畫眉鳥，害牠失去平衡，並在牠墜落地上的同時立刻飛撲上去，一爪按住牠。

畫眉鳥在他的爪下瘋狂拍打翅膀。焰掌一口咬住獵物，衝回自己最初的藏身處。他聽到身後傳來老鷹憤怒的拍翅聲，他冒險回頭瞥看，老鷹似乎沒有追過來。

等到焰掌自覺安全了，便放慢腳步。但畫眉鳥仍在掙扎，想要逃脫，力氣大到害他都擔心自己的牙齒可能被扯斷。他低下頭，微張嘴巴，再猛力合上，將獵物咬死，然後把已經癱軟的屍體丟到地上，才用後腿坐下來，暗自誇讚自己，**做得不錯嘛！**

就在他還上氣不接下氣時，他的導師和部族的副族長從破敗廢棄的兩腳獸巢穴後方走了出來。

「這是很大膽的一招！」百合心點頭讚許道。

聽到他導師的稱讚，焰掌喉嚨裡忍不住喵嗚出聲，可他一看見松鼠飛滿臉不悅的神情後，立刻把聲音吞了回去。

「是有膽量，」副族長同意道，「但是焰掌，你把自己放在一個可能得跟一隻老鷹對打起來的處境，這未免太魯莽了吧？就算是經驗豐富的戰士也不會輕易這麼做。要是你失敗了呢？到時雷族怎麼辦？」

「可是我——」焰掌試圖反駁，原本想像松鼠飛盛讚他的那個情境，頓時宛若晨曦下的霧氣，瞬間消散。

松鼠飛不等他說完又繼續說道：「如果捕獵一隻獵物的風險太大，你就應該仔細思考其他選項，再做出更明智的決定。」

百合心聽著副族長的話，臉上出現困惑的表情。「所以說……我不應該讓他通過評鑑嗎？」她問道。

「這得由妳自己決定，百合心，」松鼠飛回答，「我只是提供我的看法。」

百合心停頓了一下，微微皺起眉頭，這時焰掌從耳尖到尾尖都緊張地顫抖著。最後百合心轉身面對焰掌，直視他的眼睛。

「抱歉，焰掌，」她輕聲說，「但我認為你需要更多時間培養一些謹慎的習慣。」

焰掌張大嘴巴看著她，幾乎無法相信剛剛聽到的話。**她又讓我不及格？我被要求去狩獵，而我的確抓到了獵物——還用計謀打敗了老鷹！可就因為這樣，她們居然判我不及格？**他憤怒地將爪子朝地面狠戳。**也許她們只是想留下一個見習生，才好包辦所有雜七雜八的鳥事。**

失望在他體內陣陣作痛，焰掌不知道要說什麼。松鼠飛是他的親族之一，更是他母親的母親，而這理當是很重要的關係。所以這也是為什麼他會有這個名字：焰掌——一個完全不適合他的名字，這是他拚了命地努力想要配得起的名字，即便他根本不想要這個名字。

焰掌用盡全力才沒讓自己的憎恨表現在臉上。他轉身，拖著沉重的腳步回到營地。

✦
✦
✦

焰掌獨自蹲伏在岩穴邊的牆壁旁，頭上是一株從裂縫裡長出來的接骨木，他就躲在它的陰影下。他一直盯著自己的爪子，以免不小心與任何族貓對上眼。自從大家得知他的評鑑再次不及格後，一切都變得尷尬無比。他的族貓們似乎也樂於避開他。他看得出來，沒有貓兒知道該如何面對一隻兩次評鑑都失敗的見習生。

一陣輕快的腳步聲打斷他的思緒，他姊姊雀光的聲音隨之響起。「你要過來吃點東西嗎？焰掌。」

焰掌抬頭看她一眼。「我不餓！」他厲聲回答。

雀光眨了眨眼，若有所思地看了他一會兒，接著在他旁邊坐了下來，離他近得連毛髮都貼在一起。「你下次一定會通過的。」她輕聲說道。

「妳說得倒輕鬆，」焰掌反駁道，同時把頭轉開，「妳可從來沒有被我們母親上面的那兩位至親同時辜負過。」

「我相信松鼠飛有她的理由，」雀光堅稱道，「她可能只是做了她認為對部族最好的決定。」

焰掌冷哼一聲。「難道親族不比部族重要嗎？」

「當然比不上！」雀光難以置信地看著他，「沒有什麼比部族更重要，而且雷族還需要很長的時間才能從灰……」

「我們還要繼續討論灰毛那件事多久？」焰掌打斷她，同時甩甩頭，彷彿想甩掉一隻麻煩的蒼蠅。他對姊姊的憤怒正在膨脹，他真希望她走開，「我們還要多久才會停止拿它當一切的藉口？我敢打賭其他部族才不像我們這樣老是執著於陳年往事。」

雀光的眼睛驚詫地瞪大，但回答時聲音依然平靜。「雷族總是帶頭領導所有部族，」她指出道，「正因為如此，我們更應該以更高的標準來要求自己。」

「這太鼠腦袋了！」焰掌氣憤地冷笑一聲，「妳把這話試著告訴虎星，看看他會怎麼說，或者跟其他族長說也行。反正……」他補充道，「松鼠飛現在八成很恨我，因為她覺得我的名字不應該屬於一個失敗者。」

雀光的表情更震驚了，尾尖不耐地抽動著。「你真的這麼想？」她問道。

焰掌沒有回答，只是弓起肩膀，盯著自己的爪子。**別再囉唆了，快走吧**，他心想。

他姊姊重重嘆了口氣，搖了搖頭，站起身來。「如果你真的不成熟到相信這些鬼話，」她對他說，「那麼也許是應該讓你繼續當見習生的。」

第十一章

霜掌張嘴打了一個大呵欠，然後起身，弓起背，伸了一個很長的懶腰。前一晚，河族為他們逝去的族長守靈。儘管霜掌內心充滿哀傷，但整夜不睡地聽著關於霧星如何偉大、如何被族貓們愛戴，以及各種發生在霜掌出生之前的故事，對她來說確實是一段很奇妙的經驗。最後苔皮在蛾翅和暮毛的幫忙下把霧星的軀體抬到外面安葬，而新的一天必要的工作也都處理好了，多數貓兒在悲傷的折騰下都疲憊地睡去了。

現在河族營地上方的太陽正在西沉，貓兒們也開始陸續醒來。霜掌能感覺到他們仍沉浸在失去族長的悲傷裡，但真正令她擔心的是，她能感受到營地裡近乎所有貓兒身上的緊繃感。這種緊繃像是利爪緊緊攫住整個部族，因為大家都在納悶蘆葦鬚究竟發生了什麼事。

被派出去詢問其他部族的貓兒回來報告說，沒有任何貓兒見過他。而在河族的領地裡，也找不到他的蹤跡。雖然還是時不時能聞到他殘留的氣味，但沒有明顯的痕跡顯示他去了哪裡。

蘆葦鬚會在哪裡？

霜掌從未經歷過族長更替。也鮮少有河族貓年紀大到還記得他們的前任族長豹星，畢竟霧星已經當了這麼久的族長。霜掌焦急地想著接下來會發生什麼事。如果星族貓必須等待新族長前往月池，那麼要是拖太久，祂們會不會生我們的氣呢？

如果我們始終找不到蘆葦鬚，祂們會允許我們換一個新族長嗎？

族貓們漸漸聚集在生鮮獵物堆旁，互換著擔憂的眼神。霜掌走過去加入他們，停在她母親旁邊。

「我們是不是應該推舉一個代理族長？」暮毛提議道，顫抖的語氣裡頭帶著緊張與不安，「如果蘆葦鬚不——」

「蘆葦鬚會回來的！」豆莢光不客氣地打斷他母親，「為什麼會有貓兒覺得他不會回來呢？我們可不想跟命運作對，對吧？」

「當然沒有貓兒想跟命運作對，」鴞鼻謹慎地回答，「而且我們絕對不想引起恐慌。但如果要說我們從最近的麻煩事裡頭有學到什麼教訓的話，那就是，當我們得適應改變時，我們就要提早做好準備。」

「鴞鼻說得對，」夜天同意道，耳朵朝那隻棕色虎斑公貓輕輕一彈，「如果所有部族都在向星族提議如何罷免一個族長，那麼我們當然也應該考慮一下，萬一我們發現族裡少了族長或副族長，該做出什麼決定。」

「是啊，現下總得有隻貓兒暫時擔起重責大任。」捲羽堅定地說道，同時環顧四周，似乎在思索哪隻貓兒可以勝任。

「這對我來說似乎再明顯不過，」暮毛回應道，「應該是由我們的巫醫貓來擔綱這個重責大任啊！」

錦葵鼻點頭附和：「是啊，巫醫貓很有智慧的。」

「可是我們的巫醫貓不信奉星族，」閃皮指出，「至於霜掌也才剛當上見習生。」

霜掌感覺自己全身毛髮都因恐懼而豎了起來。**他們不會要我來領導吧？不可能！可是……萬一他們真的要呢？**她盯著自己的爪子，不敢對上任何一隻貓的眼睛。**我太年輕了……我沒有經驗——而且我根本不想要啊！**

她腦海裡有個畫面一閃而逝：自己坐在高樹樁上，族貓們都圍著她，聆聽她的談話。**這感覺可能還不錯吧，但我根本不知道自己該對他們說什麼。萬一我們遭到攻擊呢？我根本沒辦法帶領部族上戰場！**一股寒意從她爪尖傳遍全身。**要是我必須跟虎星或兔星解決邊界爭端呢？這實在太可怕了！**

霜掌深嘆一口氣。她自己真正想做的是幫助其他貓兒，而不是命令他們該做什麼。我是巫醫貓，不是族長。

在此同時，大家都轉頭看向蛾翅。目前為止，她一句話也沒說，只是坐在那裡，把爪子收在身子底下，琥珀色目光慢慢掃視每位發言者。「閃皮說得對，」她緩緩地眨眨眼睛，開口道，「再說，領導部族並不是巫醫貓的職責。」

霜掌頓時如釋重負。她在貓群裡瞄到她的同窩手足靄掌，後者正用同情的目光看著她，灰掌也站在附近。有那麼一瞬間，霜掌好希望自己能離開蛾翅身邊，跑去跟她的手足們偎在一起，就像他們小時候那樣，也就是在捲羽還沒發現她能看見異象之前。有時候她真希望自己能跟他們一起待在戰士窩裡——這樣就能與他們朝夕相處，而且這種討論的場面只需要旁觀，根本不用負起解決問題的責任。

有時候當巫醫貓的見習生真的很孤單。

「也許有一天霜掌可以，」捲羽說道，「但目前我認為最好的方法還是找一位資深戰士來擔起這個責任。」

「我不介意擔任這個角色。」豆莢光主動提議。

錦葵鼻怒視他，肩上的毛豎了起來：「憑什麼是你？」他質問道，「我也同樣有資格——」

「兩個笨毛球！」蜥蜴尾打斷道，「吵來吵去有什麼用？蘆葦鬚很快就會回來！」

霜掌喵嗚附和，很高興看到蘆葦鬚的前任見習生依舊挺他。但是令霜掌失望的是，把蜥蜴尾的話聽進去的貓兒並不多。

「我們怎麼知道？」暮毛反駁道，並瞪著他。

「所以我們就應該什麼都不做地坐在這裡，等蘆葦鬚回來嗎？」閃皮反問道，「與其如此，我倒是很樂意代理族長——」

吵嚷的吼叫聲蓋過她的聲音。霜掌試著不去理會那些爭吵，並努力壓抑心裡的緊張。她知道，再過不久他們就不會繼續抱著希望，認定蘆葦鬚一定會回來。一想到河族未來沒有族長，焦慮便像蜘蛛網一樣緊緊纏住她。

有鼻頭突然輕觸她耳朵，嚇了她一跳。她緊張地抬頭一看，發現捲羽正以同情的目光俯視她。

「這一切對妳來說太難承受了，對吧？」她的母親低聲說道，「妳回妳的窩穴好了，找點重要的事情做，沒必要在這裡聽這些無謂的爭吵。」

霜掌感激地對著母親喵嗚一聲。「好的，」她回應道，「剛好有些新鮮藥草需要整理整理。」

她快步穿過空地，推開外圍的灌木叢，跳下河岸來到巫醫窩前那片卵石灘，她這才終於感覺到自己的緊張情緒逐漸平復。

可是當她鑽進窩穴，走向她和蛾翅先前存放藥草的地方時，她注意到自己的臥鋪有些不對勁。她原本把自己的臥鋪整理得很合意，蕨葉堆上鋪著一層軟綿綿的青苔，但現在卻有一大片酸模葉橫放在邊緣。

那不是我們收納藥草時會放的位置啊，她心想，然後湊近聞了聞那片葉子。但是窩穴裡混雜著各種氣味，根本無法嗅出任何線索。

而且霜掌發現這不是一片普通的酸模葉，它有部分葉片被撕掉了，所以看起來呈現星星狀。**星星？**霜掌感到一股寒意從耳尖蔓延到尾尖。她總覺得有什麼東西在告訴她這片葉子很重要。這是星族的訊息嗎？是她該給部族的某種指引徵兆嗎？這當然不可能是在暗示她應該當上什麼「星」吧——譬如族長！**我還只是見習生**，她提醒自己，她很清楚她自己有多缺乏經驗，根本沒有能力應付部族裡的這些騷亂。**真希望這一切都能過去，我只想有一個正常的見習生生活。**

霜掌不太願意把這片葉子展示給其他貓兒看，甚至包括蛾翅。她害怕他們會認為這片葉子就是她理當成為族長的徵兆。但最後她意識到這就只是一片葉子，她唯一能做的是把它拿去給她的導師和其他族貓看。

當她回到空地上時，爭吵仍在繼續。但捲羽看見她走近，立刻站起身。「妳拿著什麼？」她問道。

霜掌走到她導師旁邊，放下那片葉子。「我在我的臥鋪上找到的，」她解釋道，「之前它不在那裡。」

族貓們的聲音逐漸平息，他們圍聚過來，看著霜掌帶來的東西。

「它看起來像星星。」有貓兒低聲說道。

「這會不會是……？」

「也許這是徵兆。」

「這是不是意味星族想讓我們知道，祂們沒有遺棄我們？」捲羽問道，同時眼神銳利地盯著蛾翅，「也許這是徵兆，代表我們正走在正確的道路上？」

「沒錯，而且星族希望我們的巫醫貓能擔起更多責任，」黑文皮贊同道，「她們應該跟我們的資深戰士合作，直到我們找到星族認可的族長。」

蛾翅顯然不同意捲羽和黑文皮的話，也對族貓們發出的贊同聲無法認同。「我真的不想擔起這個責任，」她嘟囔道，「再說，我也不會是星族首選的族長，不是嗎？我更擅長的是治療，而不是領導。」

「這也許是事實，」捲羽說道，「但找到蘆葦鬚之前，我們需要先這樣安排。」

「霜掌能跟星族溝通，」豆莢光指出，「雖然她還不是正式的巫醫貓，但或許她可以當星族的使者，將祂們的智慧傳遞給蛾翅。」

一想到要承擔起這麼大的責任，一股恐懼立刻淹沒霜掌，但還沒等她提出反對意見，族貓便爆出一片贊同聲。從族貓們迫不及待的反應裡頭，霜掌意識到大家已經厭倦了爭論，他們只想要快點有個能夠拯救部族的對策，以免萬一真的找不到族長。

儘管蛾翅還是不太熱衷，但似乎別無選擇，最後只得讓步。「好吧，」她宣布道，「如果我們再也找不到蘆葦鬚，或者有一天我們發現自己真的陷入沒有族長的可怕境地，那麼在星族指引我們找到新族長之前，我和霜掌會暫時帶領部族，但最令我擔心的是……」她繼續說道，「我們沒有經驗。大家覺得我們先去找別族的族長求助怎麼樣？」

她話還沒說完，族貓們就爆出反對的聲浪。

「向其他部族卑躬屈膝？」錦葵鼻驚訝到毛髮倒豎，「絕不可能！」

「無論如何，這都只是假設而已，」蛾翅為自己辯解道，「蘆葦鬚很快就會回來，到時我們就會忘了今天的討論。」

霜掌再次退到旁邊，試圖不去想像那個黑暗的未來……一個她必須承擔起重責大任、領導部族的黑暗未來。雖然這不會發生——而且也永遠不會發生——但她仍感覺到背上沉重的壓力，就像有個仇敵正在背上將她壓制住，害她快要喘不過氣來一樣。

陷入憂愁裡的她被突然出現在她身旁的捲羽嚇了一跳。「妳怎麼了？」她母親溫柔地問道。

「我只是擔心部族對我要求太多，」霜掌坦言道，「我什麼都不懂！我沒辦法當族長——也沒辦法給蛾翅所需要的幫助。」

「妳不用擔心，」她的母親低聲說，同時輕輕舔了舔她的耳朵，「如果真的到那一步，妳必須同時擔起領導和巫醫貓的責任時，妳也知道我會一直陪在妳身邊幫助妳。」

母親溫暖的話語令霜掌稍微放鬆了點。無論情況多糟，至少她還有母親陪她。而且這一切根本不太可能發生！

第十二章

升起的太陽尚未高過樹梢，空氣中仍有冷冽的濕氣，陰暗的坑地裡也還有霧氣逗留。陽照腳步輕快地沿著影族邊界走，穴躍和跳鬚同行在旁。儘管早起參加黎明巡邏隊令她感覺有點吃力，但她很高興能藉此分散自己對光躍的擔憂以及熾火拒絕站在她這邊所帶來的無力感。

一切都太不順遂了……光躍躲著我，而我現在也不想跟熾火說話，陽照心想道。**但我和跳鬚還有我的兄弟相處得很好。不過這不一樣。**

「我不覺得我們會遇到什麼麻煩，」帶隊走在前面的跳鬚開口說道，「自從我們擺脫了灰毛之後，一切都很平靜。」

穴躍的喉間發出低沉的吼聲。「我們永遠忘不了那個渾身長癬的禍害對我們做過的事。但至少現在感覺五大部族好像比以往更團結了。」

跳鬚點頭表示同意。「誰知道呢？」她喃喃說道，「也許不久之後就會因為天下太平而再也不用巡邏邊界了。」

穴躍發出興味的喵嗚聲。「妳只是希望自己不用一大清早就離開那個又暖又舒服的臥鋪吧。」

隊長玩笑地推了推她的同伴：「我才不是呢！」她堅稱道，「我一點也不喜歡那樣，那太無聊了！」

「才不會呢，」穴躍反駁道，「這樣才有更多時間可以去狩獵和做戰技訓練啊。」

「戰技訓練？」跳鬚翻了個白眼，「如果天下太平，戰技訓練還有什麼意義？我們只會躺在那裡變得又胖又懶，還不如直接當寵物貓好了！」

陽照心情沮喪到無法加入他們之間的玩笑。「我有種不好的預感，仇敵永遠都會在，」她說道，「總是有貓兒會步上歧途。」

跳鬚和穴躍瞬間沉默，他們盯著陽照看了一會兒，對視一眼，最後又把目光轉回到她身上。

「我的星族老天，妳今天早上的情緒還真嗆。」她的同窩兒穴躍喵聲道。

陽照沒有回應。但過了一會兒，跳鬚示意大家安靜，因為他們正在接近綠葉兩腳獸地盤，這裡是他們跟河族相交的邊界。

今早沒有兩腳獸，但有很多痕跡顯示牠們曾經來過這裡。陽照掃視那座延伸到湖面上的半橋和那片跟轟雷路一樣覆蓋著黑色堅硬物質的空地，她看到四處都是兩腳獸的垃圾，刺鼻的氣味充斥她的鼻腔。

「妳們看那個！」穴躍喊道，「真是噁心！」

「牠們為什麼留下這麼多垃圾？」陽照問，「你們覺得牠們的巢穴也這麼髒嗎？」

「這我一點也不意外，」跳鬚抱怨道，「但我們最好檢查一下，看看這堆垃圾底下會不會藏著獵物？」

她快步走到空地邊緣，用鼻子嗅聞一個像巨大葉子般的皺巴巴白色物體。但沒一會兒，她突然後退，發出痛苦的嚎叫，並抬起一隻前爪。陽照和穴躍趕緊衝過去，只見她倒在地上，蜷縮著身體，痛苦呻吟。

趕過來的陽照看到鮮血正從跳鬚的腳墊湧出，仔細一看，她發現腳墊上有一道可怕的傷口。「出了什麼事？」她問道。

跳鬚用尾巴指著。「我被那個……東西割到了。」

陽照在那片皺巴巴的「葉子」底下，瞄到某種堅硬又閃亮的物體，邊緣參差，鋒利得像利爪一樣。「兩腳獸！」她氣憤地喊道，「我真想扒掉牠們的皮！我們因為牠們的垃圾出事已經不是第一次了。」

「先別管那個，」穴躍喵聲道，「我們最好趕緊把跳鬚送回去找水塘光和影望。」

陽照回頭看了一眼來時路。「我們離河族更近，」她指出，「先把跳鬚送去找蛾翅吧。」但穴躍露出為難的神情，於是她接著補充道：「帶她回營地會花很久的時間，傷口可能弄髒和感染，反而害巫醫貓的後續治療更加困難。找蛾翅會快很多。」

「越快越好，」跳鬚咬著牙低吼道，「這真的很痛。」

穴躍看起來仍有疑慮，他朝河族的方向走了幾步，掃視著矮樹叢。陽照跟著他，這時一陣強烈的氣味從邊界另一頭襲來，她隨即停下腳步。

「你聞到了嗎？」陽照喵聲道，「一定是河族巡邏隊。我來問問他們。」

「好吧！」穴躍同意道。

陽照奔過一大片空地，空地的表面有著和轟雷路一樣的材質。她邊跑，同時看到有兩隻河族貓正在矮樹叢裡面對面地站著。「嗨，蜥蜴尾！嗨，夜天！」她向他們喊道，

「你們能幫我們忙嗎？」

河族戰士朝她轉頭，似乎很驚訝。陽照有點困惑，她現在離他們比較近了，但他們看起來不像在巡邏，反倒像在進行一場緊張的對話，似乎很不高興被她打斷。

陽照在他們面前停下來，禮貌地垂下頭。「我們有一位戰士受了傷，」她喵聲道，「請准許我們帶她去找蛾翅。」

蜥蜴尾和夜天互看一眼。「為什麼你們不直接帶她回影族？」蜥蜴尾問道。

陽照突然感到不安。各部族目前和平相處，因此她沒料到會遇到這麼冷淡的回應。「我們的營地很遠，」她解釋道，「跳鬚腳墊上的傷口很深，可能會嚴重感染。」兩隻河族貓仍然猶豫不決，於是她更急切地補充道：「這是巫醫貓的事，對吧？巫醫貓不會計較邊界的。」

夜天和蜥蜴尾互換了眼神。陽照總覺得夜天尤其不安，兩隻貓兒看起來似乎都想拒絕，但又想不出任何理由反駁她剛說的話。「好吧。」夜天簡短地說道。

陽照趕緊跑回她剛離開族貓的地方，與穴躍一起協助跳鬚站起來，再扶著她越過邊界，來到河族貓等待他們的地方。

蜥蜴尾和夜天帶著他們沿著湖邊，朝河族營地的方向前進。陽照很是疑慮，到現在仍感覺得到這兩位河族戰士之間的緊張。

不可能單純因為我們在這裡的關係。在我們去找他們之前，他們就很不對勁了。

河族貓將他們護送到河族營地外圍，有條小溪從湖裡流出來的地方，然後夜天在岸邊停下腳步。

「你們在這兒等。」她指示道，「我去叫蛾翅來。」然後沒等任何貓兒開口反對就跳開了。

「這沒道理。」穴躍目送著那隻深灰色母貓，臉上帶著疑惑的表情喵聲道。「為什麼要把蛾翅帶到這兒來？這裡什麼藥草也沒有啊。」

蜥蜴尾只是聳聳肩回應。

沒多久，蛾翅出現了，她沿溪岸走來，見習生霜掌跟在後面。兩隻貓兒的嘴裡都叼著用葉子包裹的草藥。

「好了，跳鬚。」蛾翅一邊將藥草放在受傷貓兒的旁邊，一邊喵聲道，「讓我看看爪子。霜掌，去找點蜘蛛絲。樹根附近通常都找得到。」

霜掌迅速跑開，蛾翅低頭仔細嗅聞跳鬚的傷口。「可以了，傷口舔乾淨了。」她繼續說道，「我會幫妳敷上木賊的藥膏，應該就能止血。」

跳鬚沒有反對，但陽照和穴躍焦慮地互看一眼。她從他眼神裡看到了跟她一樣的疑慮。**河族不太對勁——但究竟是什麼問題？為什麼他們不讓我們進入他們的營地？**

趁蛾翅忙著處理傷口，陽照悄悄溜走，躍過小溪，爬上岸邊，一直走到最高點才躲進灌木叢裡，她悄悄地向前滑動，直到能窺見河族營地。

營地空地上沒有太多貓兒，他們看起來都跟夜天、蜥蜴尾一樣緊張。有一兩隻貓兒來回踱步，尾巴甩動，肩上的毛豎了起來。其他貓兒則交頭接耳，好似在認真討論什麼事情。沒有任何貓兒在做什麼重要的工作，也沒有霧星或她副族長的蹤影。

這一切真的很怪……

陽照就像捕捉老鼠一樣小心翼翼地從灌木叢裡慢慢退出來，再飛快跑下岸邊，穿過小溪折返。還好沒有被河族貓發現，她鬆了口氣，但正要繞過蕨葉叢，卻差點撞上霜掌，後者正用一隻腳爪緊緊抓住一大坨蜘蛛絲，所以只剩三隻腳可以踉蹌走路。

陽照強壓下心裡的驚慌。「對不起！」她喵聲道，同時穩住見習生，暗自祈禱對方不會問她剛剛去了哪。當她們相偕走回湖邊時，陽照繼續說道：「噴嚏雲花了很久時間才找到蘆葦鬚嗎？」

霜掌用一種驚訝的表情看著她，彷彿她不知道陽照在說什麼——又或者她可能知道，只是不曉得該怎麼回答。

「哦，蘆葦鬚很好，謝謝關心。」霜掌終於回應，「我們大家都很好，」她很有禮貌地補充道，「也希望你們影族一切順利。」

但這不是我剛剛問的問題啊，陽照心想。如果說她之前對河族的不對勁有任何懷疑，那麼現在她更確定了。

等她回到湖邊和自己的族貓會合時，蛾翅已經在跳鬚的腳爪上敷好木賊藥膏。

「哦，霜掌，太好了。」巫醫貓喵聲道。

「這些蜘蛛絲足夠包紮傷口了，今天這樣就可以了。」她一邊對跳鬚說，一邊將受傷的腳爪包紮起來，「明天記得請水塘光拆掉蜘蛛絲，再敷上新的藥膏。妳需要一段時間休養，不能用這隻腳爪哦。」

「謝謝妳，蛾翅，」跳鬚答道，費力地站了起來，「感覺好多了。」

陽照也再次感謝對方：「也請代我們向霧星致謝，謝謝她允許我們進入你們的領地。」她補充道，「你們幫了我們很大的忙。」

「哦……當然好啊，陽照。」蛾翅的語氣聽起來特別不自在，其他河族貓也不安地互看彼此，「別客氣。」

陽照幫忙穴躍扶著跳鬚沿著湖岸緩步回去，以確保她的傷爪不會落地，但這一路上，她更確信河族不太對勁。所有貓兒看起來都很緊張，他們沒道理還受灰毛餘波所影響吧？反倒更像是在隱瞞些什麼。

我應該告訴虎星嗎？她反問自己。**我覺得我應該告訴他——但如果我不知道問題出在哪裡，我會不會無故製造出更多麻煩？虎星已經告訴過我最好要小心點。如果我再不謹慎一些，搞不好真會給自己找來麻煩。**

第十三章

焰掌跟在百合心、暴雲和嫩枝杈後面，穿過荊棘隧道，他們四個組成了狩獵隊。天氣又冷又濕，獵物都藏在洞裡不出來。焰掌只抓到一隻田鼠。暴雲和百合心在巧妙的合作下抓到一隻松鼠，而嫩枝杈則耐心地穿過荊棘叢的邊緣，抓到一隻老鼠。

大家都這麼努力，收穫卻不多！

暴雲領著隊伍走到生鮮獵物堆旁，將獵物放上去。這個早晨的獵物堆看起來相當稀疏，焰掌只希望其他狩獵隊的運氣會好一點。

「收穫不太多。」

這聲音來自棘星，焰掌轉過身，看到族長站在幾條尾巴的距離之外，不太滿意地看著他們的戰利品。

「今天獵物不怎麼出來活動。」百合心解釋道，同時對著她的族長垂下頭。

棘星看起來不是很高興。「大家還是得吃飽啊，」他喵聲道，「嫩枝杈——妳才抓了一隻老鼠？真是的，收穫應該更多才對！」

令焰掌驚訝的是，嫩枝杈竟然在棘星面前蹲伏下來，耳朵貼平，眼睛瞪得斗大，很是害怕。「棘星，我……我很抱歉，」她結結巴巴地說道，「我會再出去狩獵，保證下次會做得更好。」

不等棘星回答，她就匆匆跑開，消失在荊棘隧道裡。

暴雲緊張地眨眨眼睛，看向棘星。「這又不是她的錯，」他抗議道，「這又不是我們——」他的話突然打住，然後補充道：「我去陪她。」接著快步穿過營地，追在嫩枝杈後面。

百合心倒是完全沒被她的族長嚇到。「沒有獵物可抓，我們當然就抓不到啊，」她厲聲回應，爪子微微伸出，「而且嫩枝杈是用我這幾個月來所見過最厲害的潛行技巧才抓到那隻老鼠的！」

「我並不是要——」棘星才剛要開口。

但焰掌從百合心憤怒的眼神裡看出她一點也不想聽族長解釋。「走吧，焰掌，」她命令道，甩甩尾巴示意他跟上，「我們也出去試試。」等他跟著她穿過營地時，她補充道：「我們去廢棄的兩腳獸巢穴那裡看看。那兒通常能抓到一兩隻老鼠。」

鑽進隧道之前，焰掌回頭望了一眼。棘星正垂著尾巴，神情沮喪地目送他們離開。焰掌看他轉過身，步履艱難地慢慢爬上亂石堆，朝他的窩穴走去。

這實在太怪了，焰掌心想。**一個族長怎麼這樣說話，像是忘了要怎麼當族長似的。**一股焦慮從耳朵一路蔓向尾巴尖端，令焰掌不禁發抖。**星族在上，千萬別讓棘星再出什麼問題啊，拜託！**

✦✦✦

「我們來好好想一想，」雀光語帶鼓勵地喵聲道，「當你想抓獵物的時候，你會怎麼做呢？」

焰掌長嘆一聲。他知道他姊姊想幫他，想教他更有耐心，在偷偷靠近獵物之前先仔細評估四周環境。有她陪在身邊的感覺的確不錯。即使她不是有意的，但剛剛那番話還是令他再度想起上次評鑑所帶來的挫敗——他已經第二次不及格了。

他和雀光正坐在岩坑裡，這裡離通往擎天架的亂石堆不遠。太陽時不時地從雲層裡探出頭來，只是冷風一捲起，崖頂的樹枝便被吹得嘎嘎作響，枯葉在空中翻飛，焰掌只能蓬起毛髮抵禦寒氣。

「這就是我以後的生活嗎？」他低聲抱怨，像在自言自語，「我是不是以後都要這樣繼續練習下去，只為了通過那永遠不可能及格的評鑑？」

雀光用鼻子蹭了蹭他耳朵。「你這次當然會通過。」她安慰道，語氣堅定。

「妳說得倒輕鬆，」焰掌嘆氣道，「感覺雷族就是太把自己當一回事了。我敢打賭別的部族貓才不會像我這麼不開心。」

他姊姊愣了一下，停頓片刻才回答：「雷族的標準高，這是好事，」她堅稱道，「所以我們才是最強的部族啊！」

「哈！」焰掌哼了一聲，「搞不好每個部族都覺得自己最強——」但他趕緊住嘴，沒敢說出他其實懷疑雷族是否真的是最強的部族。他不想跟雀光爭辯，尤其是在她很努力想幫忙他的時候。但這時她輕聲問了句：「怎麼了？」他才意識到自己再也沒辦法隱藏內心的感受。

焰掌猶豫了一會兒，試圖找到適當的措詞。「我想自己是有點難過，」他終於承認，「而且也有點困惑。我理當是個出色的雷族戰士，畢竟我來自雷族戰士裡最重要的一條血脈——可是為什麼我覺得格格不入？是不是我根本不適合這個部族？也許這就是為什麼當我在育兒室裡擔心那個大壞蛋掌控部族時，我的母親卻不在我的身邊？」

雀光靜靜聽著，雙眼瞪得斗大，眼裡閃著同情的光芒。「我們的母親在雲雀歌過世後心碎不已，」她低聲說道，同時用鼻頭輕觸焰掌的耳朵，「不是她不想陪在你身邊，而是她根本做不到。而且後來她又被放逐了——這也不是她能控制的。現在她為此感到非常痛苦。」

可是部族不是應該保護族貓不被放逐嗎？如果雷族真的那麼完美，為什麼他們一開始竟會讓那個假棘星掌控部族？焰掌在心裡怨恨地想道，**在他趕走貓兒的時候，他們就應該意識到他的不對勁了。**

他轉過頭去，盡量不表現出自己的疑慮，但自己也很清楚，他根本瞞不過雀光。她太了解他了。

「這不是火花皮的錯，」雀光重複道，然後不輕不重地戳了戳他的腰側，「畢竟我們被放逐了。」

「我懂，」焰掌回答，隨後帶著一絲嫉妒地補充道：「但有時我會想，是不是因為妳那段時間陪在母親身邊，所以才會比我厲害。」火花皮肯定教了雀光很多狩獵技巧，還有如何保護自己……那一定很棒。

「嘿，誰說我比你厲害？」雀光用一種令人寬慰的喵嗚聲反問他，「我只是先通過評鑑而已。不過我想，長時間跟火花皮相處或許真的有幫助我多學到一些戰技，但你知道嗎？我們被放逐的時候，她經常談到你。她的心每跳動一次，都在訴說對你的思念。而且我知道你們以後的感情一定會越來越好的，只是需要一點耐心。」

「希望是真的。」焰掌又嘆了口氣，「只是我想像不了那樣的未來。」

「現在先別擔心這個，」雀光喵道，「我們還是專心幫忙你通過評鑑吧。想像一下你是──」

不管她本來想說什麼，這時都被頭頂上方的一聲怒吼給打斷。焰掌抬頭看見松鼠飛正從族長窩裡走出來。她沿著擎天架走了一步，又轉身對棘星說：

「你的決定可能害雷族陷入危險！」

「什麼決定？」焰掌低聲問雀光，「她在說什麼？」

棘星走到擎天架找他的副族長，他對松鼠飛說了幾句話，但聲音太小，以至於焰掌聽不清他們的對話。好奇的焰掌小心翼翼地偷偷爬上亂石堆，想要聽清楚。雀光低聲警告：「別多管閒事！」但焰掌無視她，趴在一塊突岩後面貼平身子，偷聽他們的談話。

「好吧，是有風族的狩獵隊在追逐獵物時誤闖我們的領地，」棘星喵聲道，「但那是鴉羽帶的隊，沒什麼大不了。」

「誤闖我們的領地？」松鼠飛低吼，「我的星族老天，他們的戰士是一躍而過那條溪欸！這叫『誤闖』嗎？」

「鴉羽已經解釋過，」棘星簡單回應，「那是風族領地裡的田鼠，牠溯溪過來，爬到雷族這一頭。牠——」

「所以牠一上了岸就是雷族的田鼠啊，」松鼠飛打斷他，「可是呼鬚直接跳過那條溪，把牠逮住。要是我們的巡邏隊沒有發現，你覺得我們會知道這件事嗎？」

棘星深嘆一口氣。「我們以前跟鴉羽一塊旅行到日落之地尋找午夜之後，我就跟他建立了深厚的友誼。更何況他還冒險進入黑暗森林幫忙驅逐灰毛。我們知道他值得信任，沒必要懷疑他的意圖。如果鴉羽說這是無心之過，那麼我願意相信他。」

「可是他們還是把田鼠帶走了，」松鼠飛怒聲道，「那是我們的獵物，他們應該把牠還回來。棘星你真的要這樣放過他們嗎？」

棘星又深嘆一口氣，而這聲嘆息似乎來自肺腑深處。「在灰毛帶來那麼多麻煩事之後，我本來希望我們可以享受一點和平的氛圍。」

「和平是一回事，但讓別的部族踩在我們頭上又是另一回事！」松鼠飛厲聲回答。見棘星沒有回應，她又繼續說：「我認為我們應該去找風族，至少讓他們知道這種事情不能再發生。在雷族經歷了這麼多波折之後，領地的捍衛比以往任何時候都來得更重要。我們不能讓其他部族覺得我們弱到風族可以隨便偷走我們的獵物！」

棘星不安地聳了聳肩。「我不想跟一隻曾經為我們進黑暗森林赴湯蹈火的貓兒起衝突，」他堅稱道，「鴉羽是迷霧之光的一員。忘記他們為我們冒過的險和作出的犧牲是不對的。」

「去過那種可怕地方的貓兒，怎麼可能忘得了那段經歷？」松鼠飛指出，她的耐心似乎正迅速耗盡，「我一點也不擔心這件事，」她接著說，「可是我們需要的只是一個友好——但堅定的提醒，請風族尊重我們的邊界。邊界是很重要的，我們不能在這方面有任何模糊地帶。別擔心，棘星，這不會演變成一場戰爭。」

族長看起來還是很為難，彷彿要在副族長的建議和鴉羽的友誼之間做出抉擇非常困難。「我累了，」他喃喃說道，「我要去休息一下。說真的，松鼠飛，一切都會沒事的。我相信鴉羽。」

他鞠了個躬，然後垂著尾巴，轉身退回自己的窩穴。焰掌不禁想起那天稍早他退縮的模樣，那是他對狩獵成果做出不公評語之後發生的事情。**這不太對勁**，他心想，而且前所未有地擔心。**松鼠飛應該也清楚這一點**。

松鼠飛目送著她的族長兼伴侶貓離去，她先是愣了一會兒，難過地縮張著爪子，隨即又甩甩毛髮，沿著擎天架走到亂石堆的頂端。焰掌趕緊趁副族長矯捷地跳下來找生鮮獵物堆那的資深戰士之前，爬回地面，及時站到雀光旁邊。

「我猜你們都聽到了吧？」她開口說道。

戰士們——其中包括獅焰和火花皮——互看一眼，不安地蠕動著爪子，好似不確定自己該不該偷聽。

「這不是什麼祕密，」松鼠飛繼續說道，「我想整個部族都已經知道那隻田鼠被偷的事了。櫻桃落，妳當時就在巡邏隊裡，對吧？」

薑黃色母貓點了點頭。「當呼鬚跳過小溪時，我簡直不敢相信自己的眼睛，」她喵聲道，「就好像他不懂邊界是幹什麼用的？」

「沒錯，」松鼠飛附和，「所以明天一早我會帶支隊伍去找風族。我需要跟兔星談一談那隻田鼠的事。他不能認為我和棘星跟鴉羽的關係比較好，就可以為所欲為。」她煩躁地甩了甩尾巴。

獅焰的眼裡閃著認同的光芒，喉嚨發出低沉的咆哮。

「但我們必須小心，不能太挑釁，」松鼠飛提醒他，「我們不想跟風族開戰。所以由我來負責談話。」

在她說話的同時，錢鼠鬚不安地抬頭看了看擎天架，也就是族長剛剛走開的地方。「妳確定這樣做沒問題嗎？」他問松鼠飛，「聽起來棘星不希望我們去質問風族。」

「這不是質問，」松鼠飛冷靜地告訴他，「這只是一場討論。我不想帶太多貓兒去，」她繼續說道，「只需要一兩隻貓，數量不會多到具有威脅性。火花皮，妳跟我一起去。」

火花皮挺直身子，眼裡閃著喜悅。「我會準備好的，松鼠飛。」她喵聲說道。

獅焰充滿期待地看著副族長，但焰掌猜想松鼠飛不會想要他參加這種敏感的任務。**他看起來不像能忍住衝動，不跟別族貓打架的樣子**。

只是令焰掌驚訝的是，過了一會兒，松鼠飛竟轉過身，用綠色目光注視著他。「焰掌，你也跟我一起去，」她對他說，「這對你來說會是很好的經驗，讓你看看我們是如何處理重要的部族事務。這或許能幫助你通過下一次的評鑑。」

焰掌感到全身亢奮。原先他一直刻意與資深戰士們保持幾步距離，因為他認為，要是被松鼠飛發現他在偷聽，一定會把他趕走，沒想到她竟然還挑中他加入這支重要的隊伍。「謝謝妳，松鼠飛！」他脫口而出，同時挺起身體，努力讓自己看起來精神又幹練的樣子。

但沒過一會兒，他過去的疑慮再度湧上心頭。**萬一我又搞砸了怎麼辦？而且我們的族長並不贊成，這樣我們還應該去找風族嗎？**

貓兒們各自走開，獅焰開始召集貓兒組成狩獵隊。焰掌留下來想找松鼠飛討論。

「棘星那邊沒問題吧？」他問道。

「當然沒問題。」松鼠飛堅稱道。

但她的目光掃回族長的窩穴，焰掌的毛皮底下有股不安的刺癢感。他覺得松鼠飛對自己的答案並不確定。**如果我們的族長不同意，雷族會不會出什麼事？**

第十四章

雲霧裊裊從弦月前飄過，但月光仍明亮到可以讓蛾翅和霜掌看清前路。她們正穿過荒原，前往月池與其他巫醫貓會合。前方遠處，霜掌依稀辨識出赤楊心和松鴉羽的身影。

「我們要怎麼告訴其他巫醫貓？」霜掌問她的導師。蛾翅和幾位資深戰士那天稍早前曾集會討論過，當時霜掌還頗為慶幸蛾翅派她離營去補齊木賊的存貨。但現在她覺得自己的緊張情緒跟第一次前往月池時不相上下，只是理由完全不同。「我是說霧星已經死了的事，還有蘆葦鬚失蹤的事。」她又補充道，因為蛾翅沒有回答她。

「我們不需要告訴他們任何事情，」蛾翅冷靜回答，「因為我們很快就會找到蘆葦鬚，所以沒必要讓別的部族牽扯進我們河族的事。」

「但如果他們在星族裡見到霧星怎麼辦？」霜掌喵聲道。**又或者萬一他們見到蘆葦鬚呢？**她默默地在心裡想道。她不敢對導師提出蘆葦鬚已經死了的可能性，她自己也不敢多想。

蛾翅突然不自在起來。「我沒考慮到這一點，」她承認道，但隨即抖了抖毛髮，「但據其他貓兒的說法，他們通常只會見到自己部族的祖靈。如果他們真的見到霧星，我會負責回答他們的問題，妳不用擔心。」

說得倒簡單，叫我別擔心，霜掌心想道，**這一點幫助也沒有！**但這時她的導師又停頓了一下。

「不管怎麼樣，」蛾翅繼續說道，「今晚我們是來告訴星族我們決定修改的戰士守則內容。這次集會的重點是這個，所以不會有貓兒有時間問太多問題。」

霜掌看得出來，蛾翅並不像她試圖表現出來得那麼有自信。她緊張的情緒隨著步步驅近月池而越發強烈。星族肯定不會認同他們對其他巫醫貓隱瞞真相……更何況，不把這種重要的事情告訴他們，幾乎等同於撒謊。

但這一切很快就會解決的，她試圖安慰自己。**我只需要到達那裡，跟星族聊聊。搞不好我們河族的祖靈會告訴我蘆葦鬚在哪裡，一切都會沒事的。**

霜掌穿過山谷頂端的灌木叢，看到幾乎所有巫醫貓都已聚集在月池邊。只剩水塘光和影望還沒到。

她跟著蛾翅步下蜿蜒小徑，向其他貓兒禮貌地點個頭，然後慢慢走過去。

「嗨，霜掌！」哨掌向她打招呼，並上前和她碰碰鼻子，「很高興又見到妳。」

其他貓兒都喵嗚地開心招呼，眼裡的暖意令霜掌真切感受到他們很開心她的到來。霜掌有些不好意思地舔了舔胸毛。

「希望妳有叫蛾翅照我們的規矩做事，」松鴉羽喵聲道，「蛾翅，既然只有霜掌才能跟星族交流，這是不是代表你們那裡是由她在管事？」

霜掌不知道怎麼回應。他的語氣裡頭帶著一絲幽默，但她不確定松鴉羽到底是不是在開玩笑。

「霜掌和我會互相幫忙，」蛾翅冷靜回答，「就像柳光和我之前一樣。只有公貓才會擔心誰的權力比較大而緊張到尾巴打結。」

幸好蛾翅似乎沒被松鴉羽的話冒犯到，著實令霜掌安心了點，這應該只是友善的玩笑。也許吧。

可是松鴉羽緊接著用帶點諷刺的語氣問隼翔：「最近有吃到什麼好吃的田鼠嗎？」隼翔沒有回答，但瞇起眼睛，狠瞪了松鴉羽一眼，活像那隻盲眼貓能看見似的。

怎麼回事啊？霜掌納悶，隨即在心裡聳了聳肩。就算雷族和風族的巫醫貓之間有什麼芥蒂，那也不關她的事。

就在她還在納悶的當下，山谷頂端突然傳來動靜。霜掌抬頭一看，只見水塘光和影望從灌木叢裡鑽出來，沿著蜿蜒的小徑跑下來。

「抱歉我們遲到了，」水塘光在其他貓兒旁邊止住腳步，上氣不接下氣地說道，「我們正要出發的時候，有個年輕的戰士突然鬧肚子痛。」

「年輕戰士！」斑願搖搖頭，「總愛惹出各種麻煩。」

巫醫貓們在月池旁坐定，開始交換部族間的消息。霜掌覺得他們提到的每一件事聽起來都微不足道：天族有個見習生被蜜蜂螫到了，影族有隻貓爪子受傷了。

「謝謝妳們的幫忙。」水塘光喵聲說道，同時向蛾翅和霜掌垂頭致謝。

「很高興能幫上忙。」蛾翅簡短地回答。

霜掌回想起自己和影族貓在湖邊會面的情景，以及她是如何找到蜘蛛絲來包紮跳鬚傷口的經過。她希望他們沒察覺到蛾翅為何堅持不讓他們進入河族營地。

她也不免好奇，森林裡是否只有河族陷入困境？還是其他部族也有更多問題，只是巫醫貓們不願提及。

「來影族的巡邏隊找到蘆葦鬚了嗎？」影望問蛾翅。

「是啊，找到了，謝謝。」蛾翅在說這個謊時，回答的語氣和態度都異常冷靜。

「等一下，」松鴉羽喵聲說道，「你們也派了隊伍來雷族，怎麼——」

「也有來天族啊！」躁片打斷他。

「我們也有碰到，」隼翔的目光掃過巫醫貓們，最後落在蛾翅身上，「所以妳派了巡邏隊去所有部族找蘆葦鬚。蛾翅，這到底怎麼回事？」

霜掌看到蛾翅開始失去她一貫的冷靜，肚子裡一陣不安的悸動。「沒事，」她厲聲說道，「已經解決了。而且，這是戰士們的事情，跟巫醫貓無關。」

「所有事情都跟巫醫貓有關。」松鴉羽低聲嘟囔。

霜掌緊張地等其他貓兒繼續質問蛾翅，可儘管他們仍用懷疑的目光看著她，卻也沒再說什麼。蛾翅僵硬地坐著，肩毛豎得筆直，琥珀色眼睛中透露出挑釁的神情。

最後赤楊心長嘆一口氣。「夠了，該是時候跟星族交談了。」他和其他貓兒沿著池邊各自找到自己的位置後才又說道：「記住，我們要向星族呈報我們對戰士守則的變更建議，尋求祖靈的同意，並在結束後互相彙報結果。」

其他巫醫貓都伸長脖子，將鼻子貼在池水表面，蛾翅則俯身過來對霜掌低聲問道：「妳準備好了嗎？」

霜掌點點頭。「我會盡力。」

她朝水面低下頭，感覺自己幾乎要被月亮和星子映照的水光淹沒，宛若掉進了夜空裡。她渴望與祖靈交談，但她猶豫了片刻，她的緊張害她無法動彈。

我準備好了嗎？她反問自己。**要是我們的祖靈不喜歡我們對戰士守則的規畫，那該怎麼辦？要是我沒解釋清楚呢？要是我失敗了怎麼辦？**

霜掌打起精神，做好準備，讓鼻尖碰觸水面，瞬間有股涼意傳遍全身。她好似被某種閃閃發亮的圓圈包圍住，彷彿星族的靈體就在四周，卻沒有向她顯現身形。她真想問問其他巫醫貓自己做得對不對。但當她鼓起勇氣往旁邊瞥看時，卻發現其他貓兒都已陷入與星族同行的夢境裡。

霜掌再次碰觸水面，閉上眼睛，全神貫注。

「河族的祖靈們，請與我交談吧，」她哀求道，聲音微微顫抖，「祢的部族急需祢們的協助。」但沒有任何貓兒出現在她面前，於是她又補充道：「霧星在嗎？」

還是沒有任何回應，但是霜掌覺得自己有看到貓兒們的身影正從閃爍的霧氣中凝聚成形。祂們在她的視線裡若隱若現，起初她一隻也不認得，但至少祂們的存在令她感到莫大的安慰。最後有隻貓兒的身影越來越清晰，那是一隻金色的虎斑母貓，琥珀色眼睛閃閃發亮。霜掌從沒見過她，但曾聽說她在領導河族時的種種事蹟。

「祢是豹星嗎？」她試探問道，並努力壓下因霧星沒現身而產生的失望情緒。**可是我已經見過祂一次了，**她告訴自己。**也許那樣就夠了。**

金色母貓低下頭。「妳有什麼話要對我說嗎，小姑娘？」

霜掌起初有些猶豫不決，但等她開始講述各部族提出的戰士守則變更建議後，就漸漸地有了自信。豹星的表情始終不露聲色。霜掌在解釋的過程中，完全猜不出這位族長的想法。

「祢覺得這樣可以嗎？」霜掌說完後問道。

豹星點了頭，可是當祂開口時，說的卻是另一件事。「河族有麻煩了，」祂宣告道，「但是霜掌，如果妳動作夠迅速，就還有得救。我看到蘆葦鬚在一個陰暗的地方，就在妳們的邊界裡。聽清楚囉！」

霜掌豎起耳朵，好似聽到遠處傳來了兩腳獸的聲音。緊接著她感覺自己正在墜落……四周都是星光，豹星的聲音在她耳邊迴盪。

「小心點！」那是蛾翅的聲音。霜掌的導師正用一隻前爪抓住她的肩膀，把她往後拉，「妳差點就掉下去！」

霜掌睜開眼睛，發現自己攤開四肢趴在水邊的一塊平坦岩石上。她大口喘氣，好似剛從河族營地一路跑到這裡。

「怎麼樣？」蛾翅不耐地抖抖鬍鬚問道，「星族有說什麼嗎？妳見到霧星了嗎？」

「沒有，但我見到了豹星！」霜掌喘著氣，一想到那個經驗，就全身亢奮。

「那祂同意改變守則了嗎？」

霜掌環顧四周，發現其他巫醫貓已經聚在一起，討論他們所見到的情景。聽起來，星族已經同意改變內容。

霜掌本以為會有貓兒轉向她和蛾翅，質問她們為什麼不說霧星已經去世的事。可是所有貓兒似乎都專注在戰士守則上。**蛾翅說得沒錯，星族貓只會向自己的族貓顯現，**她吁了口氣地想道。她絕對不能冒著可能洩露任何祕密的風險，去向其他巫醫貓請益這是不是真的，絕對不能！

「所以呢？」蛾翅再次問道，不耐地輕彈著腳爪。

「她同意，」霜掌回答，同時想起豹星點頭的模樣，「她對這些改變沒有意見。但我還知道了另一件更重要的事！」

「什麼事？」蛾翅問道。

霜掌覺得自己興奮到快要爆炸，只能努力壓低音量，免得被其他巫醫貓聽見。「我知道蘆葦鬚在哪裡了！」她宣布道。

第十五章

兩隻八哥正在地上啄食，一隻是公的，一隻是母的。陽照用尾巴示意鷗撲偷偷繞個大圈子過來，好從獵物的另一頭接近。白色母貓壓低身子，消失在長草叢裡。

在陽照的示意下，蓍草葉也開始往另一個方向悄悄移動。兩隻鳥兒似乎還沒察覺到有狩獵隊正包圍上來。

「上！」陽照大吼一聲。

她的吼叫聲劃破寂靜，鳥兒驚慌失措地刺耳尖叫，三隻貓兒分別從三個不同方向撲過來。鳥兒慌亂地往上鼓動翅膀，但已經太遲。陽照用爪子勾住其中一隻拍動的翅膀，將牠撲倒在地，蓍草葉隨即伸爪瞄準牠的脖子，當場打斷。在此同時，鷗撲已經咬住了另一隻鳥的脖子，用力搖晃，直到癱軟。

「感謝星族賜予我們獵物。」陽照氣喘吁吁地說道。

這次狩獵進行得很順利。稍早之前，蓍草葉捕到一隻松鼠，而這兩隻八哥又肥又大，算是為生鮮獵物堆錦上添花。

「我想我們可以回營地了，」陽照喵聲道，「蓍草葉，妳回去取妳的松鼠，鷗撲和我會把這些鳥帶回去。」

「好的，陽照。」

蓍草葉朝樹林深處走去，陽照則和鷗撲並肩朝營地的方向走回去。

「妳知道嗎？陽照，妳是很厲害的狩獵者，」鷗撲喵聲道，但因嘴裡叼著八哥的翅膀，說話有點費力，「妳應該為自己感到驕傲。」

陽照有點不好意思地聳聳肩。「我們今天的表現都很好。」

「但妳是領隊，」鷗撲堅稱道，「妳總是太謙虛了，陽照。我覺得妳是族裡技藝高超的狩獵者之一。」

這誇得有點過頭了吧，陽照心想，不懂為什麼她的族貓只因一場例行的狩獵就對她如此讚譽有加。她突然意識到鷗撲聽起來像是想安慰她，這令她更加困惑。**她為什麼覺得我需要安慰？**陽照仍在為光躍對她的不理不睬而感到難過，但奇怪的是，鷗撲居然注意到了。**還有多少貓兒發現了呢？**她反問自己，毛皮不安地微微刺痛。**難道整個部族都在八卦我嗎？**

「妳也知道我真的沒事啊！」她說道，刻意用話回應鷗撲那些沒說出口的話。

「哦，真高興聽到妳這麼說。」鷗撲的語調像鬆了口氣，「那麼妳和光躍和好了嗎？她現在怎麼樣了？」

「我不確定欸，」陽照回答，「我們最近不常在一起。」

「有意思……」鷗撲喃喃說道，耳朵微微抖動，「她最近和熾火走得很近，妳會介意，我也理解……」

陽照猛地停住，活像地上突然蹦出一塊石頭，正好撞在她胸口。「妳這話什麼意思？我最近是沒怎麼和熾火說話，但他仍然是我……很特別的一個朋友。」

鷗撲瞪著她，神色倉皇。「我——我不是故意的——」她結結巴巴地說，「也許是我搞錯了。也不是說他們喜歡彼此啦，不是那樣的，我很確定。」

陽照只是冷冷地點個頭，但回營地的這一路上，她的肚子都在翻騰，恨不得脫光身上的毛皮去找個地方躲起來。**這到底多久了?** 她想起自己曾請熾火去幫她跟光躍談一談，但完全沒意識到他們已經越走越近。

也許這就是為什麼那天我看到光躍從狩獵隊裡溜走，而熾火又始終不肯支持我的原因，原來如此！

等回到營地後，陽照勉強自己做完工作，先把八哥放進生鮮獵物堆，再去找熾火。但他不在營地的空地上，戰士窩裡的臥鋪也是空的。

陽照又回到空地，看到影望站在巫醫窩入口。她趕忙跳過去問：「影望，你有看到熾火嗎？」

「我想他是跟狩獵隊往天族的邊界去了。」影望回答，語氣聽起來有些不情願，好像很不想告訴她這些事情，「光躍也去了，還有其他幾個戰士。」

巫醫貓不慍不火的回答方式反而令陽照感覺更糟，就好像全影族都知道熾火和光躍走在一起了。

她本想立刻衝出去追蹤熾火的氣味，但她又告訴自己這太蠢了，最後可能只是在森林裡到處聞他的氣味，卻什麼也沒找到。或者就算找到了，但冒然打斷狩獵隊也太尷尬了，簡直就像隻迷路的小貓在追著他跑一樣。

於是她索性坐在一塊平坦的岩石上，從那裡監看營地的入口。她決定等狩獵隊歸來。但等的時間越長，火氣就越大，現在那團怒火就像一大塊烏鴉吃剩的腐食一樣堵在她胃裡。

難道這就是光躍一直躲我的原因？陽照憤怒地用爪子在岩石上刮抓。**而這一切全是因為我太擔心她，想要當她的好朋友。結果她卻這樣回報我！**

太陽慢慢西下，在營地上投下深長的黑影，蛇牙和螺紋皮這才終於拖著一隻大兔子回來。陽照從岩石上一躍而起，衝上去攔住那兩名戰士。

「你們是跟熾火還有光躍一起去狩獵的嗎？」陽照質問道。

「是啊。」蛇牙回答，表情不自在地和螺紋皮互看，「可是他們已經先離開了。」

「是啊，我們跟丟了他們。」螺紋皮證實。他先猶豫了一下，然後又補充道：「要不要過來跟我們一起吃東西？我相信他們很快就會回來。」

不知怎麼搞的，灰白色公貓對她的善意反而令她更火大，「老實跟我說，」她咬牙切齒地喃喃說道，目光同時在螺紋皮和她的前任導師蛇牙之間來回掃視，「熾火最近是不是跟光躍走得很近？」

螺紋皮再次不安地看向蛇牙。「嗯……是啊……有時候啦。」他結結巴巴地說道。

「只是朋友啦。」蛇牙急切的語氣令陽照懷疑她根本不相信自己說出來的話，她只是想讓她的前任見習生心裡好過一點，「我是說——你們不都是朋友嗎？」

陽照很想把怒氣發在這些試圖隱瞞真相的貓兒身上，但就在她張嘴準備說什麼時，營地外面的森林傳來一聲嚎叫，暮色漸暗，那個嚎叫聲令陽照不寒而慄到全身毛髮都豎了起來。

「那是什麼聲音？」螺紋皮問道。

其他貓兒都還沒回答，嚎叫聲便再次響起，光躍衝進營地入口，耳朵貼平，毛髮豎得筆直。

「快點來！」光躍尖聲喊道，「我需要幫手，熾火受傷了！」

陽照跑在光躍旁邊，迅速越過森林，朝著天族邊界奔去。影望和蛇牙緊跟在後。

「發生什麼事了？」陽照問道。

「我們在岩間狩獵，抓到很多老鼠。」光躍一邊喘氣，一邊斷斷續續地解釋，「那裡有個像隧道的地方，有老鼠躲在裡面。我讓熾火進去把牠們趕出來。他進去了，可是隧道太窄。他不過推開一塊石頭，隧道就塌了！現在有兩個大石塊壓在他身上！」

陽照怒不可遏，她亮出爪子，要不是影望突然出現在她旁邊，她差點就要撲上光躍。**她怎麼能讓熾火陷入這樣的險境？**

「你們兩個是鼠腦袋嗎？」影望表情震驚地轉向那隻棕色虎斑母貓，「為什麼要這麼做？妳剛才不是說已經抓到很多老鼠了嗎？根本不需要再抓了！」

光躍神情難過地看了巫醫貓一眼，「我不是故意的！」她哀嚎道，「只是為了好玩而已！熾火向來動作敏捷！你記不記得我們還是小貓的時候，在那個很大的兩腳獸巢穴那裡——」

「現在不是聊往事的時候。」影望嚴厲地說道，同時迅速看了陽照一眼，後者猜他應該是看到了她受傷的表情。

陽照想起影望、熾火和光躍當年跟著虎星和鴿翅一起住在那處很大的兩腳獸地盤時，就已經認識了彼此。陽照從來不曾妒嫉過光躍比她更早認識熾火，但此刻她感覺妒火正在灼燒自己，彷彿身上每一根毛髮都成了火焰。

光躍帶著他們一路來到天族邊界，這裡有片森林，林地凹凸不平，岩石從草叢間冒出來。當陽照看到熾火躺在地上動也不動地被兩塊大石頭壓在地上時，她只能強忍驚叫的衝動。他的尾巴、一條後腿還有一部分腰側都被石塊壓住。

影望立刻跑到熾火旁邊，把一隻爪子放在他脖子上，仔細聞了聞。

「他死了嗎？」光躍的聲音顫抖，「我跑開去找幫手的時候，他還醒著。」

「沒有死，只是昏迷了。」影望回答，「我們需要先把這些石塊移開，我才能仔細檢查熾火的狀況。」

儘管先前再怎麼憤怒，但此刻對熾火的擔憂已經把陽照完全淹沒。她和蛇牙使盡全力推開石塊，終於把那隻黃白色公貓從石塊底下解救出來。她焦急地看著影望檢查熾火的呼吸，並小心翼翼地用爪子摸索著他全身上下。

最後巫醫貓坐直身子。「我們得先把他抬回營地。」他大聲說道，「他的腿斷了，但我不確定還有沒有其他的傷。」

陽照心情沉重地幫忙抬起熾火，穿過森林往回走。蛇牙將他扛在背上，陽照從旁邊穩住他的身體，光躍則在另一邊幫忙。陽照不想看見光躍，也不想跟她說話，更別提要跟她一起合作幫忙抬熾火了。

太陽已經下山，樹林下的陰影越來越深。每一步都像艱難的挑戰，而這不僅僅是因為這隻受傷的族貓本身的重量而已。**他能活下來嗎？**陽照心想。**如果活下來了，他能完全康復嗎？**

等他們回到營地，水塘光已經在巫醫窩裡等候。一定是有貓兒提前告知他事情經過，因為他已經準備好臥鋪要給熾火，那裡還有一片葉子，上面放著三顆罌粟籽，用來緩解他的疼痛。

穿過森林的這一路上，熾火始終癱軟，毫無反應。可是當巫醫貓將他安置在臥鋪時，他稍微動了一下，琥珀色眼睛慢慢睜開。「陽照？」他低聲喃喃說道。

「是我，我在這裡。」陽照回應，同時低下頭輕輕蹭了蹭他的耳朵。她很清楚光躍就站在旁邊看著他們。**他不要她呢，**她心裡想道，但隨即為自己的小肚小腸感到羞愧。

熾火發出喵嗚聲，隨即轉過頭舔食水塘光遞給他的罌粟籽。然後又躺回臥鋪，再度閉上眼睛。

「我們需要找些木棍來固定他的腿。」水塘光對影望說道，「最好趁他還昏睡的時候處理完畢。」

「陽照，妳現在先回去，明早再來。」影望對她說道，「等到那個時候，熾火應該已經醒了。」

「他會好起來嗎？他還能再走路嗎？」陽照問道，哪怕她害怕聽到可能的答案。

影望嚴肅地看了光躍一眼。「只有時間能告訴我們了。」他回答。

陽照跟著光躍走出巫醫窩。從她看到熾火被壓在石塊底下的那一刻起，震驚和焦慮就讓她陷入了一種麻木狀態。但現在這種感覺逐漸消退，憤怒又回來了。

「妳怎麼可以這樣？」她質問道，轉身面對這隻她曾視為朋友的棕色虎斑母貓，陽照肩膀的毛全都豎了起來。

光躍的目光充滿內疚和悲傷，彷彿終於明白事情的嚴重性。「這只是遊戲而已，」她辯解道，「我完全沒料到熾火會受傷。」

「我說的不只是這件事。」陽照的語氣宛若禿葉季裡寒冽的冷風，「妳知道我從小就愛熾火。為什麼妳還……」

光躍的眼睛瞪得斗大。「沒錯，熾火和我確實是走得比較近，」她說道，「但我們只是朋友！我們有很多共同點，就只是這樣而已。我們都喜歡做一些愚蠢的事還有冒一點險，而妳……陽照，總是循規蹈矩。」

「有時候循規蹈矩能避開很多痛苦。」陽照冷冷地提醒道，同時朝巫醫窩的方向點頭示意。

光躍可憐兮兮地眨了眨眼睛。「對不起。」她低聲說道。

陽照有點想原諒她朋友，但經歷了這一整天，她已經受夠了。更何況她也不確定自己相不相信他們如同光躍說的那樣，她和熾火只是朋友而已。於是她僅點個頭，就快步走向戰士窩，找到自己的臥鋪後便蜷縮在裡面，用尾巴蓋住自己的臉。

我真希望醒來之後發現這一切只是一場惡夢。

✦✦✦

陽照從臥鋪裡醒來時，才意識到黎明巡邏隊已經出發。她鑽出窩穴，走到外面，抖掉身上的殘屑，迅速穿過營地，跑向巫醫窩。

陽照鑽進去時，看見影望仍蜷縮在自己的臥鋪裡，但水塘光已經醒了，正彎腰查看熾火。他回頭看了陽照一眼，用尾巴示意她過去。

「他醒了，」巫醫貓低聲告訴她，「但因為罌粟籽的關係，仍有些迷迷糊糊。妳可以陪他一下。」

然後水塘光就退回窩穴後方，陽照趕忙來到熾火旁邊。熾火側身躺著，有條後腿用常春藤緊緊固定在木棍上，尾巴則敷著用蜘蛛絲裹住的藥膏。

陽照很想見到他，可是當她真的站在這裡，低頭看著她本以為會是她伴侶貓的貓兒時，卻發現自己不知道該跟他說什麼。他似乎正在康復，這使她全身毛髮因鬆了口氣而微微刺癢，但她還是很憤怒他的魯莽行事，再加上對他也多少感到內疚，畢竟當初是她請他去找光躍談一談的。**難道是這原因導致他們一塊冒險行事嗎？**她自認她向來熟悉的熾火不會這麼魯莽。但不管他和光躍之間到底有沒有曖昧，這件事仍讓她很受傷，感覺自己的肚子還在翻騰。可是她又不知道該如何將這一切用言語表達出來。

「你嚇到我了。」這是她唯一能說出口的話。

熾火眨眼看著她，琥珀色眼睛裡滿是痛苦。「對不起。」他低聲說道。「沒關係，」陽照回答，「我的意思是，你應該清楚知道自己不該鑽進那個隧道！不過你會康復的，然後一切都會好起來，我們……」

她的聲音越說越小，因為她發現熾火還在費力地想跟她說話。「我本來想要告訴妳……」他喃喃說道，聲音很模糊，「我本來打算告訴妳……我真的很愛妳，我以為我會永遠愛妳，但是我覺得我們不適合當伴侶貓。」

陽照感覺就像有隻貓兒朝她胸口扔了一塊石頭，害她一時之間無法呼吸。**他不能這樣說！他不能！**

熾火停頓一下，似乎使盡了力氣，然後才又繼續說道：「我們太不一樣了。而且要妳等我康復——就算我真的能康復——到那時才發現我們終究不合適，對妳來說太不公平了。」

陽照默默聽著，努力消化熾火對她說的話。她很震驚，好似整個世界突然消失，只剩下一個巨大的空洞。她這一生始終認為自己一定會成為熾火的伴侶貓。她也一直以為自己很了解他。

但我其實什麼都不了解。

「妳還好嗎？」熾火問道。

陽照很想對他尖叫，質問他，自己怎麼可能還好？她剛剛失去了她所愛的貓，還有她曾經以為會擁有的生活。但熾火現在受了傷，正在承受痛苦，即便她很想那樣做也於心不忍，因為她還是很在乎他。

「我很好，」她語氣俐落地說道，同時站起身來，「你不用擔心我。」然後就在她要離開窩穴的時候，終於忍不住心裡的酸苦，回頭望著他說：「你只是跟我想的不一樣罷了。」

第十六章

蒼白的曙光滲入雷族營地。天空布滿灰雲，一陣寒風吹亂焰掌的毛髮，這時的他正在荊棘隧道附近等著與松鼠飛和火花皮會合。他不安地伸長爪子，戳進地上。前一天，當部族副族長挑中他加入隊伍一起前往風族時，他還興奮不已。但此刻想到是要跟自己的母親和外祖母一塊出任務時，又感覺有點尷尬。

萬一到時我又搞砸了，她們當場一定會很失望。

他在營地的另一頭看見松鼠飛從戰士窩裡出來，火花皮也幾乎同時跟著出現。她們很快跑到他旁邊。

「很好，你已經準備妥當。」松鼠飛簡單地檢視了焰掌，他還以為是不是自己身上的毛沾到了灰塵，或者耳朵上掛著一片葉子，「我們走吧。」

但就在松鼠飛帶頭進入隧道時，焰掌聽到另一隻貓從外面鑽進隧道的聲音。過了一會兒，竟是棘星走進營地。

焰掌愣住了。他不知道松鼠飛有沒有告訴族長她打算去風族，但他確信棘星不會同意她這麼做。

然而族長的目光只是漫不經心地掃過三隻貓兒，並向松鼠飛簡單地點了個頭。「祝你們狩獵順利。」他喵聲道，然後就朝他的窩穴走去。

松鼠飛也點頭回應，卻沒試圖告訴棘星他們真正要去的地方。

焰掌不安到毛髮微微刺痛，但他什麼也沒說。他只想完成這次風族之行的任務，證明自己已經準備好要當戰士了。**至於松鼠飛和棘星之間的問題並不關我的事。**

可是當這三隻貓剛離開山谷，火花皮就加快腳步走到她母親旁邊。「棘星怎麼了？」她問道，「他不知道我們要去風族嗎？」

過了好一會兒，松鼠飛才回答。「棘星只是需要時間恢復。」她終於喵聲道。

但這沒有回答火花皮的問題，焰掌心想，而且很驚訝松鼠飛竟然就連自己的女兒都不完全吐實。他還記得前一天偷聽到的談話，當時族長說沒有必要去質問風族。他留意到火花皮用一種懷疑的目光看了她母親一眼。在焰掌看來，火花皮的這個反應證明他的想法是對的：松鼠飛正在做她不該做的事。

「棘星到底怎麼了？」火花皮追問道，她綠色的眼睛因為擔心父親而蒙上一層陰影，「他在黑暗森林裡一定經歷過很可怕的事情。」

松鼠飛長嘆一聲。「是啊，那裡的事情對他影響很深，」她承認道，隨後又快速補充說：「他很好——完全沒問題。他是優秀的族長，這絕對是他的本色……只是他最近睡不好，老是夢見黑暗森林。」

「這並不令我訝異，」火花皮喃喃地說，「是什麼樣的夢呢？」

「令他不安的夢，」松鼠飛回答，「我們在那裡的時候，棘星的靈體有時會受到灰毛的控制，就像所有被困在那裡的靈體一樣。而且灰毛會逼棘星為他上場作戰。」她猶豫了一下，隨即又說道：「有一次，他還逼他攻擊我。」

焰掌震驚到差點當場倒抽口氣。他聽說過一些黑暗森林的事，但從沒聽過這麼可怕的。他幾乎無法想像，如果自己被逼得必須跟雀光甚至火花皮戰鬥，會是什麼場面。難怪棘星最近睡不好。

「棘星一直夢到他當時向我出手的情境，」松鼠飛繼續說道。焰掌覺得她的語氣好像鬆了口氣，因為她終於找到貓兒可以傾訴。不過他無法確定自己要是有什麼心事必須說出來，會不會選擇火花皮作為傾訴的對象。**她恐怕不是一個最適合讓我吐露心事的貓兒，**「還有他向其他雷族貓出手的畫面。他不想傷害我，可是當時他也無能為力。」

「我想我們都明白這一點。」火花皮對她說，並用尾尖輕觸她母親的肩膀。

松鼠飛感激地看她一眼，「但不是只有這樣而已……」她說道，「有些族貓仍沒忘記灰毛附身棘星、領導我們的種種經歷。而且當棘星聽到那段期間他做過的事情之後，就覺得寢食難安。而且他發現有些族貓以為那些事可能真的是他做的，這令他很震驚。他說自己現在能感覺到有時候族貓們很怕他。」

焰掌突然明白前一天棘星在生鮮獵物堆旁的那場奇怪遭遇。棘星批評狩獵隊捕到的獵物太少，儘管這說法有失公平，但對於一個想要確保部族吃得飽的族長來說，棘星的態度也無可厚非。

可是當時他嚇到了暴雲，也嚇壞了嫩枝杈。

冒牌貨控制雷族的那陣子，焰掌年紀還太小，無法理解其中細節，但現在他懂了。他知道嫩枝杈當時曾因背負著守則破壞者的罪名而遭到放逐，但灰毛承諾只要她能帶回大量獵物，就有機會贖罪。

可是當她做到之後，灰毛還是不讓她回到部族。**難怪當棘星斥責她獵物捕得不夠多時，她會那麼害怕！**她一定覺得自己可能又要被放逐了。

「真的嗎？」火花皮聽完松鼠飛的話後，語氣不屑地說：「怕我們自己的族長？」

「也不是一直都很害怕，」松鼠飛回應道，「但只要棘星稍微強勢一點，他們就會害怕。所以他最想避免的，就是這種情況。」

「但他本來就應該強勢，」火花皮指出，「強勢是族長該有的作風。」

松鼠飛聳了聳肩，「他就是很介意，只是這樣而已。」

火花皮思索了一會兒說道：「但如果他害怕自己被族貓認定太強勢，我們怎麼能夠相信他一定能為部族做出最好的決策？」

副族長沒有回答這個問題，反而保持緘默，他們就這樣一路默不作聲地從林子裡走出來，開始沿著湖岸，往與風族接壤的小溪前進。但焰掌其實很清楚她會怎麼回答。**她一定也同意火花皮的看法。要不然，她為什麼要在沒通知族長的情況下，親自上門去找風族質問？**

焦慮扭轉著焰掌的胃，就像他吞了荊棘藤一樣痛。他知道一個部族若沒有強大的族長，就無法生存下去。但所有貓兒好像幾乎都沒察覺到棘星的問題。松鼠飛顯然知道，可是她只能向自己的女兒吐露心事，卻不得不對部族裡的其他貓兒……包括他們的族長在內……假裝一切都很好。

可是她又能怎麼做呢？焰掌反問自己。**要是族貓再也無法信任自己的族長，作為副**

族長的她又能怎麼辦呢？

曙光漸亮。雲層後方的太陽應該已經升起，但毫無蹤跡。空曠處的風勢更為強勁，將焰掌的毛髮吹得平貼身側，湖面水波四起。

「焰掌表現得很不錯，」過了一會兒，松鼠飛對火花皮說道，直接改變話題，「他只是還沒完全準備好。他在判斷力上需要再加點油。」

妳們不用介意我的存在，焰掌心想道，他其實很不高興，但也覺得尷尬。**妳們再繼續聊我啊，就當我……是根樹樁吧！**

火花皮回頭看他一眼。「這對年輕的貓兒來說向來是個問題。」她低聲說道。

「但妳的判斷力總是很好，」松鼠飛接著說道，「何不多幫幫他呢？」

火花皮看起來有點驚訝，過了一會兒才回答：「我很樂意幫忙。」

焰掌看得出他母親其實並不真的想幫忙。

「百合心已經在幫忙我了，」他不客氣地回應道，「這就是為什麼我會有一位導師的原因。」

火花皮聽到他的語氣，鬍鬚抽動了一下。「那就好。」她輕聲回應道。

但松鼠飛的臉當場垮了下來，這讓焰掌感覺更糟了。火花皮似乎很高興找到理由不用幫他，可能是因為他對她的態度向來不好，又或者是因為她真的不在乎他能否成為戰士，而松鼠飛也看出來了。

當他們終於抵達邊界溪流的岸邊時，焰掌頓時如釋重負，這兩隻母貓總算不再談論他。野風帶來了風族邊界標記的味道，但完全沒有貓兒的蹤影。焰掌四處張望，想找合適的躲藏點，卻發現母親的尾巴碰了碰他的肩膀。

「不需要躲起來，」松鼠飛告訴他，「我們是來讓風族貓看見我們的。我們的目的是要對話。」她坐下來，開始冷靜地舔洗自己的爪子。

焰掌坐在她和火花皮旁邊等候，總覺得心臟每跳一拍，緊張情緒就更升高。他告訴自己：**閉上嘴巴，什麼都別說。才不會惹上麻煩。**

他總覺得他們坐在岸邊的時間久到好像有好幾個月了，但事實上沒過多久，就有一股濃烈的貓味撲鼻而來，一支風族的巡邏隊從小溪對岸的灌木叢裡走出來。

夜雲走在最前面，莎草鬚和燕麥爪緊跟在旁。這隻黑色母貓一看到雷族隊伍，立刻豎起耳朵。她停下腳步，全身的毛都炸了起來。「你們想幹什麼？」她厲聲問道。

「夜雲，妳好，」松鼠飛禮貌地垂頭回應，「我們想找兔星談一談，請容許我們越過邊界。」

夜雲猶豫了一下，帶著一種不算完全敵對但也並不友好的目光打量著雷族隊伍。焰掌心想，她是一隻很漂亮的貓，有風族貓典型的修長身材和一身光亮的黑色毛髮。

她的名字太適合她了，他告訴自己，忍住讚嘆的衝動。

「不行，」夜雲終於開口，「你們就留在這裡，待在你們該待的地方。燕麥爪，你快回營地，問問兔星是否願意過來見雷族的副族長。」

燕麥爪立刻飛奔離開，尾巴在身後飛揚，直到身影消失在樹林裡。他走後，風族貓在小溪對岸找了地方坐定。一陣略顯尷尬的沉默當頭罩下。

「風族的獵物情況如何？」火花皮過了一會兒開口問道。

「還算不錯。」夜雲冷淡回答。

「那雷族一切都好嗎？」莎草鬚語氣柔和地補充問道。

松鼠飛卻開始說起一個故事，她說有一次狩獵隊追蹤一隻狐狸，直到牠最後決定穿過邊界，離開這個原本不屬於牠的領地。焰掌不得不佩服她的圓滑：既強調了雷族的膽識和能力，但又沒觸及到任何可能被解讀為在對風族大肆批評的話題。

松鼠飛剛說完故事，燕麥爪就回來了，旁邊還跟著石楠尾，但被護送來的不是兔星，而是風族的副族長鴉羽。

「兔星很忙，」鴉羽在溪邊停下腳步，簡短說道，「所以他派我前來接待。你們有什麼要事嗎？」

「你好，鴉羽。」松鼠飛的語氣真誠而溫暖，綠色目光也很友好，「你從黑暗森林回來後恢復得怎麼樣了？」

鴉羽顯然放鬆了一點。「謝謝妳，松鼠飛。我恢復得十分良好，希望妳和棘星也都很好。」

「是啊，大家都很好。」松鼠飛回答他。

當然好囉，焰掌心想道。**即使她擔心棘星，也絕不會向風族貓承認。她永遠不會告訴他，自己剛跟火花皮說的些心事。**

「我認為你很清楚我們來這裡的目的是什麼，」松鼠飛繼續說道，只是現在的語氣變得俐落又有效率，「昨天呼鬚跳過邊界上的溪流，在雷族領地上抓到一隻田鼠。那隻田鼠是我們的，鴉羽。你應該知道戰士守則的規定。」

鴉羽表情瞬間尷尬，但仍然直視著松鼠飛。「你們應該不會忘記是風族貓幫忙把你們的族長從無星之地那裡帶回來的。」他喵聲道，「不過就只是一兩隻田鼠，應該沒必要鬧到打起來吧？」

「我們不是來打架的，」松鼠飛堅定地回應，「這只是一個簡單的要求。」

她果斷的語氣令焰掌刮目相看。雷族副族長已經說得很明白，如果風族想打架，雷族隨時奉陪。在此同時，他又擔心，萬一這場對峙真的演變成衝突，雷族與風族之間會出什麼事呢？**到時棘星要怎麼辦？**他想道。**他要不支持松鼠飛，要不就讓風族覺得他們可以對我們為所欲為。**

兩位副族長之間充滿張力。松鼠飛的肩毛開始豎直，鴉羽的尾尖氣惱地來回彈動。後來鴉羽緩緩低下頭。「好吧，」他讓步道，「我會安排送些獵物給你們，以彌補那隻田鼠。我可不希望棘星因為擔心我們兩族之間的關係而病倒，畢竟他還沒從灰毛造成的傷害完全恢復過來。」

松鼠飛剛貼平的毛髮又因鴉羽最後那句話再次豎得筆直。

「我告訴過你，棘星很好！」她低聲嘶吼。

風族副族長抽動鬍鬚，顯得不太相信。可是當他再次開口時，語調卻很真誠。「我不是想惹麻煩。我是真的擔心棘星，」他喵聲道，「在我們一起去過日落之地之後，我就一直覺得自己跟他有一種特殊的情誼。沒有貓兒該去承受他在黑暗森林所受到的罪，而且鮮少有貓兒能夠毫髮無傷地回來。松鼠飛，妳一定要好好照顧他，也要照顧好自己。雷族向來是個強大的部族，而棘星是位品德高尚的族長，但你們兩位經歷太多。我衷心希望你們能重新找回以往的力量。」

松鼠飛盯著他看了一會兒，似乎不確定該如何回應。焰掌也不確定該如何消化這位風族貓的話。他的族貓們總是說得好像其他部族多敬仰雷族似的。雖然鴉羽的語氣不再具有敵意，但聽起來一點也不像對雷族有多敬仰。

更像是風族在同情我們。

最後松鼠飛向鴉羽點點頭。「謝謝你的關心，鴉羽，」她喵聲道，「但棘星不需要被照顧。你說得對，沒有貓兒應該經歷他在黑暗森林裡受到的那種罪，但我告訴你，幾乎很少有貓兒能像他那樣挺過來。我只希望每個部族都幸運到能擁有這樣一位強大的族長。至於你，鴉羽，」她最後說，「別忘了你答應給的獵物。」

她沒等對方回答，就轉身帶領隊伍穿過樹林，朝雷族營地走去。

跟在松鼠飛和火花皮後面的焰掌思考著剛剛的事情。他們確實得到了想要的獵物承諾，而且不用為此開戰，但不知怎麼搞的，他並沒有自己以為會有的大獲全勝感。他忍不住懷疑，他們只是讓情況變得更複雜了。

第十七章

霜掌一走出窩穴，就忍不住打起寒顫。太陽還沒升起，不過地平線上的金色光芒告訴她，太陽就快出來了。她快步越過鵝卵石灘，走到溪邊喝水，同時留意到天氣越來越冷。落葉季正在發威，這意味禿葉季也已經不遠。解渴後的霜掌很快地梳理好自己的毛髮，這時蛾翅從岸邊飛奔而下，在她旁邊停了下來。

「很好，妳醒了，」她的導師喵聲道，「我剛挑了幾隻貓兒組成搜索隊去找蘆葦鬚，我希望妳來帶隊。」

霜掌覺得肚子裡好像被扔進一顆石頭。「我？」她驚聲說道，同時盯著蛾翅，「哦，不，絕對不可能是我！」

「妳當然可以，」蛾翅平靜地回答，「是妳得到異象，知道要去哪裡找他。」

「可是……」霜掌無法相信導師竟然選定她來執行這項任務。她很想感到自豪，但取而代之的卻是全身毛髮不安地顫抖，「我當然會參加搜索隊，但我不能帶隊！」

蛾翅停頓一下，偏頭看著她。「霜掌，妳是巫醫貓，」她終於開口，語氣不容她辯駁，「妳注定要肩負大任來促進河族的福祉，這是妳起步的最佳時機。我有信心妳能辦到，所以別再胡說八道了。來，先吃點生鮮獵物，然後就可以出發了。」

霜掌垂著尾巴，跟著蛾翅爬上岸邊，快步走向生鮮獵物堆。她邊吞著一隻老鼠，邊看見蛾翅穿過營地，朝三隻貓走去——捲羽、水花尾和金雀花爪，他們都在入口附近等著。蛾翅對他們說了幾句話，但聲音太小以至於霜掌聽不見，但她有聽到金雀花爪的聲音，那隻白色公貓的聲音被寒冷的晨風清晰地傳送過來。

「霜掌帶隊？妳腦袋有蜜蜂嗎，蛾翅？」

蛾翅的回答像穿流營地的寒風那般冷冽。「霜掌是巫醫貓，她得到異象，知道到哪裡找到我們的新族長。更何況你們也需要巫醫貓隨行，以防蘆葦鬚受傷。所以還能找誰來帶領這支搜索隊呢？」

「我還以為會是妳，蛾翅。」水花尾喵聲道。

「是哦，那我還真管用，」蛾翅不客氣地回答，「我又不知道去哪裡找。」她霍地轉身，對著霜掌喊道，「霜掌！」

霜掌吞下最後一口鼠肉，用舌頭舔舔嘴巴，跳過營地，來到導師身邊。「我準備好了，蛾翅。」她喵聲道，盡量不讓自己的聲音顫抖。

蛾翅朝她很快地點個頭。「那就出發吧。」

霜掌覺得喉嚨像卡著一塊難嚥的獵物。三位戰士都盯著她看。捲羽的眼神帶著關愛，但金雀花爪和水花尾看起來都充滿疑慮，好似在等著她犯錯。她的爪子像被凍結在地上一樣，但她告訴自己一定要動起來，但它們並不聽使喚。

「上次我們組隊出去，最後一次看到蘆葦鬚的地方……」捲羽用一種協助的語氣說道，「是在綠葉兩腳獸地盤附近狩獵的時候。我們可以從那裡開始。霜掌，如果妳認為這是個好主意的話。」她補充道。

霜掌暗自感謝星族，還好她母親也在這支隊伍裡。她艱難地吞吞口水。

「這個主意很好，」她同意道，試圖讓自己的聲音聽起來有點威嚴，但還是像隻害怕的小貓一樣，「我們就從那個方向開始吧。」

當霜掌帶著搜索隊離開河族營地時，總覺得肚子裡好像有一大群蝴蝶飛來飛去。她仍然無法相信蛾翅竟會交派給她這麼大的任務；她只希望導師對她的信任是對的。

哦，星族，求求祢們讓我找到蘆葦鬚，她在心裡默默祈禱，並在心裡補充了一句，**找到活著的他。**

如果她能把副族長——那隻遲遲還未當上族長的貓——帶回營地，並解釋清楚這段時間他去了哪裡，那麼河族的麻煩就解決了。但連霜掌自己都無法相信這件事能如此順利完成。

霜掌離開營地，踏入領地時，心情多少放鬆了一點，因為她母親就陪在身邊，金雀花爪和水花尾也緊跟在後。因此她相信無論前方有什麼等著他們，這三位戰士都能確保不會遇上什麼太大的問題。

儘管她試圖表現出自信，但霜掌明白自己其實不夠了解這片領地。她當上見習生之後，蛾翅曾帶她巡視邊界。她們幾乎每天都外出採集藥草，所以霜掌很清楚可以到哪裡找到最好的木賊和金盞菊，但完全不知道自己在異象裡看到的那個陰暗地方，究竟是在哪裡？

「我在想會不會是兩腳獸把蘆葦鬚帶走了？」她轉往那處綠葉兩腳獸地盤時對母親詢問道。

捲羽若有所思地抽動鬍鬚。「我是有聽說過這種事情，」她回答，「但這與妳在異象看到的情景吻合嗎？」

「我不認為。」霜掌不確定地搖了搖頭。她已經想不太起來自己在月池那裡看到的景象，但她一直記得，異象裡的那地方看起來比兩腳獸會住的任何地方都來得荒蕪和杳無人煙。

不過我記得自己曾經聽到遠處傳來兩腳獸的聲音，她提醒自己。**這或許意味我們走對了方向。**

霜掌帶領搜索隊沿著湖邊前進，一直走到快抵達半橋那裡。她遲疑了一下，又暗自希望，要是自己能對這片領地更熟悉，那就好了，這樣才比較好帶領搜索隊。在她的異象裡，並沒有湖的蹤影，所以最明顯的選擇是遠離水邊，朝河族邊界前進，那裡約有幾條狐狸尾巴的長度剛好與兩腳獸地盤的第一批巢穴並排靠。

「走這邊。」她揮動尾巴，喵聲道，希望自己的語氣聽起來夠自信。

可是當霜掌朝邊界的方向走了幾步，竟發現水花尾並未跟上。

「蘆葦鬚為什麼要朝這個方向走？」他嘟囔道，「兩腳獸地盤附近幾乎沒有獵物。」他又補充了一句，那聲量剛好可以讓霜掌聽得見：「鼠腦袋的見習生！」

霜掌的惱怒突如其來地給了她勇氣與戰士爭辯。「這次的搜索到底是誰在帶隊？」她質問道。

水花尾聳聳肩。「隨便妳吧。到時弄錯了別怪我。」

湖邊附近的地面幾近平坦，可是當搜索隊離湖越遠，坡度便迅速陡峭。等到達山脊後，霜掌發現自己竟站在一座峽谷的邊緣處，蕨類植物和灌木就扎根在崖壁上。峽谷底部有一條布滿鋒利石子的蜿蜒小徑。霜掌猜想雨季的時候，那裡可能是一條小溪，但現在石塊都是乾的。

霜掌凝神望著峽谷下方，毛髮炸了起來。一股噁心的感覺從她腹部湧現，一直蔓到喉嚨，她好不容易才壓制回去。黑暗的異象再次浮現腦海：這是一個陰暗的地方，就像豹星曾提到的。而且這裡也靠近她母親告訴過她狩獵隊曾經來過的地方。

「妳在這裡感應到什麼了嗎？」捲羽問道。

「有。」霜掌的聲音在顫抖，她努力穩住自己，「我們應該搜索一下這個峽谷。」一開始戰士們是沿著崖頂分散搜索，不停呼喊蘆葦鬚的名字，一遍又一遍，但沒有任何回應。霜掌的心臟每跳一拍，擔憂就更深。

這裡一定曾經發生過什麼可怕的事。要是蘆葦鬚還活著而且安然無恙的話，應該早就回到營地了。

「這樣沒用。」金雀花爪終於開口道，「我們得下去看看。」

水花尾面露懷疑地看了懸崖一眼。「我們可能會摔斷脖子。」

「不會有事的，」金雀花爪對他說，「我以前在這裡狩獵過。下面有溪水流動時，這裡是個不錯的獵場。而且我知道怎麼下去。跟我來。」

沿著峽谷頂端走了幾條尾巴距離後，出現了一條很窄的小路，沿著懸崖表面呈之字形在岩間蜿蜒而下。金雀花爪走在最前面，霜掌緊跟在後，捲羽走在她後面，水花尾則替搜索隊殿後。

「小心踏出去的每一步，」捲羽告訴霜掌，「要是妳滑倒，我會盡量抓住妳。」

我又不是小貓！霜掌忿忿不平地想道，對母親的嘮叨有點不滿。**我是巫醫貓欸，正在執行重要的任務。**

四隻貓兒順利抵達懸崖底部，沒有出任何意外。「我們最好分開搜找。」霜掌提議道，但一想到自己竟然在對這群資深戰士發號施令，難免還是覺得有點不好意思。

「好主意。」金雀花爪給她一個稱許的眼神，令她好過多了，「如果有找到什麼線索，就大喊一聲。」

搜索隊朝不同方向各自散開。霜掌沿著乾涸的溪床艱難地前進，鋒利的石頭很快害她的腳墊疼痛起來。不遠處，她聽到她母親正在大喊：「蘆葦鬚！蘆葦鬚！」但霜掌其實已經不抱希望，因此沒有大聲喊叫副族長的名字。總覺得好像有塊冰冷的石頭壓在她肚子裡，她幾乎可以肯定副族長已經身亡。

霜掌前方的峽谷變窄了，兩側懸崖逐漸靠攏，形成一道無法通過的屏障。她意識到自己必須折返。就在這時，她聽到身後傳來一聲毛骨悚然的哀嚎，她認出那是金雀花爪的聲音。

霜掌霍地轉身，往來時的方向飛奔，完全忘了腳墊的疼痛。水花尾和捲羽也從灌木叢裡出來，與她會合後，三隻貓兒一起沿著峽谷底部快步跑向金雀花爪所在的位置。

白色公貓正站在亂石堆的頂端。如果有溪水流動，這裡應該是道瀑布。他正低頭盯看著下方。霜掌上氣不接下氣地跑到他旁邊，順著他的視線看下去。蘆葦鬚的屍體四肢張開地躺在亂石堆底部。

「哦，不！」捲羽痛苦地喊道，聲音充滿悲傷，「他死了！我就知道！」

「我們應該下去，」金雀花爪喵聲道，「也許他只是昏迷了。」

霜掌確信白色公貓錯了，副族長蘆葦鬚真的死了：他的頭歪成一種奇怪的角度，好像脖子斷了。她最不想做的事情就是下去確認，但身為巫醫貓的她知道這是自己的職責所在。

霜掌慢慢地一路摸索，沿著亂石堆往蘆葦鬚僵硬的屍體走去。她聽到母親提醒她要小心，但她太全神貫注了，無法回應。她想像得出，要是自己一不小心滑倒，會如何摔到蘆葦鬚旁邊，最後結局不是跟他一樣死掉，就是嚴重受傷。但她只能咬緊牙關，不讓腳下的爪子發抖。

「要是我能更早看到異象就好了，」她喃喃說道，一股灼熱的內疚感湧上心頭，「那麼我們或許還來得及救他。」

「這不是妳的錯，」捲羽很快回應，「這種事情任何貓兒都幫不上忙。看起來他是掉下去摔死的。」

霜掌希望她母親是對的，但心中的內疚仍揮之不去。

霜掌終於抵達亂石堆底部，來到蘆葦鬚的屍體旁。這隻黑色公貓躺在那裡，四肢張開，眼睛覆著一層薄膜，牙關緊咬，彷彿正在對仇敵咆哮。霜掌小心伸出一隻爪子輕觸他的肩膀，發現他全身僵硬冰冷。

過了一會兒，捲羽也來到她身邊，尾巴輕輕掃過霜爪的肩膀，並舔了舔她的耳朵安慰她。「抱歉得讓妳看到這一幕，」她歎息著並隨後補充道，「妳看他背上那些刮痕，應該是摔下來的時候撞到鋒利的石頭。」

霜掌仔細端詳，發現蘆葦鬚脊椎上有幾道抓痕，毛皮被撕開，露出下面的血肉。這些刮傷有流過血，但血跡現在已經乾了。

「這看起來很像獾的爪痕。」她若有所思地說道。

「胡說，這一點也不像獾抓的，」捲羽喵聲道，「他一定是摔死的。我們應該把他帶回河族。」

她退後一步，發現金雀花爪和水花尾也來到坡底。他們都低頭站著，等他們抬起頭來時，霜掌看到了他們眼裡的悲傷與不安。

「我來扛著他，」金雀花爪大聲說道，「水花尾、捲羽，你們跟著我，幫忙穩住蘆葦鬚。」

霜掌看著族貓們將副族長的屍體抬到白色公貓的背上。她的腦袋一片混亂，試圖釐清河族的未來。

此時水花尾又不巧說中了她的心事。「河族接下來該怎麼辦？」他問道，「我們怎麼知道哪隻貓該當族長？」

「這要由星族決定，」金雀花爪回答，「祂們會選出來的。」

霜掌身上的每根毛都因緊張而顫抖。**蛾翅無法與星族交談。那就意味必須由我來跟星族溝通，再告訴族貓祂們選定的族長是誰。**

三位戰士合力將蘆葦鬚的屍體沿著狹窄的小路拖到峽谷頂部，霜掌跟在他們後面。她的爪子感覺沉重，彷彿身體正在跟她反映自己有多不願意回到營地，以及多麼抗拒未來肩上的重擔。

等到他們抵達峽谷頂端，開始穿越領地時，捲羽用耳朵示意霜掌過來。「我看得出來妳很緊張，」她低聲對霜掌喵道，「但妳不用緊張，星族幫忙妳找到了蘆葦鬚，不是嗎？妳會成為出色的巫醫貓，妳要相信自己的直覺。」她用尾巴輕輕掃過霜掌的肩膀，「等星族選定了新的族長，妳就會知道了。」她保證道。

她母親的安慰以及她的觸碰，多少鼓舞了霜掌，但是她的任務仍像一棵巨大的樹一樣矗立眼前，逼迫她得爬上去。

「我希望妳是對的，」她對捲羽回應道。族貓們的臉似乎在她眼前一一浮現，他們每一個都很忠誠優秀。**我該從哪裡開始著手？我怎麼知道星族選中的貓兒是誰呢？**「我會盡全力的。」她暗自下定決心。

第十八章

陽照蜷縮在戰士窩的臥鋪裡，用尾巴蓋住鼻子。她沮喪得連伸出一隻爪子的力氣都沒有，更別說離開窩穴去加入巡邏隊了。

我知道我在鬧情緒，她心裡承認道。**但我不能永遠這樣下去。可如果說現在有哪隻貓有資格鬧情緒，那應該是我吧。**

畢竟不是每天都會發生妳以為的未來伴侶貓，竟背著妳做出這麼鼠腦袋的事，然後又立刻告訴妳，你們彼此不合適。

我到底錯在哪裡？她反問自己。

光躍曾經告訴她，她不愛熾火，但這不代表熾火沒有愛上光躍。陽照很難相信這一切只是巧合……熾火不過剛跟光躍多相處一點，就發覺他們兩個不適合當伴侶貓？

這是不是代表我很無趣？陽照痛苦地想道。**也許我應該自願進入黑暗森林，然後再被嚇得不敢進去，並為此自責？這樣就能讓我變成一個更有趣、更有吸引力的伴侶貓？**

陽照在心裡猛地甩了甩頭。她知道自己對光躍的想法不盡公平。**可是話說回來，這本來就不公平！**

這時她聽見有貓兒穿過窩穴外面低垂樹枝的聲音，陽照抬起頭來，睜開眼睛一看，竟是她哥哥塔尖爪小心翼翼地繞過空著的臥鋪，朝她走來。

「妳怎麼了？」他問道，「還好嗎？」

「哦，沒事，當然沒問題。」陽照回答，語氣裡帶著一絲嘲諷，「現在一切看起來都像陽光下的雛菊那樣美好，多謝你的關心。」

塔尖爪嘆了口氣，在她身旁趴下，爪子收進身子底下。陽照平時和他並不特別親近，不過就在熾火告訴她，他們永遠不可能成為伴侶貓後，她好巧不巧碰上塔尖爪。於是再也承受不住痛苦和憤怒的她，竟就向塔尖爪全盤托出了熾火和光躍的事。當時他的關心像一張溫暖的毛皮將她裹住，而現在，他的眼裡滿是同情。

「我很遺憾，真的，」他低聲說道，「愛情是很複雜的。」

陽照忍不住哼了一聲。「你對愛情懂什麼？」她的同窩手足從來沒有對任何影族母貓展現過任何一絲興趣。

塔尖爪有一瞬間沒有直視她的目光，陽照立刻內疚自己不該對他發火。「我不該那麼說的，」她喵聲道，「我知道我不該把氣出在你身上，但我現在真的很生氣又很難過，就忍不住說了。我最好暫時不要跟其他貓兒相處好了。」

「但妳不能永遠躲在這裡，」塔尖爪反駁道，語氣俐落務實，「這真的能讓妳覺得好過一點嗎？」

陽照不得不搖搖頭。「的確不能。」她承認道。

「所以說，那就出去吧，」她的哥哥催促道，「去過好妳自己的生活，讓那些鼠腦袋知道妳不會因為他們而難過，這樣妳就會感覺好過多了。」

塔尖爪雖然一如既往地討厭，但陽照不得不承認他說的不無道理。「好吧，」她語帶嘆息地答道，「如果這樣能讓你高興，我就試試看吧。」

「很好。」塔尖爪俯身用鼻子輕輕頂了頂她的肩膀，「苜蓿足正在編派狩獵隊，她會很高興多隻腳爪幫忙。」

陽照費了很大力氣才站起來，然後甩了甩毛髮上沾到的臥鋪碎屑。**塔尖爪說得對，我需要做點事情來分散注意力。**

她從樹枝底下鑽出來，走進空地，看到正在安排狩獵隊的苜蓿足被一群戰士圍住。陽照跳了過去。「我可以加入嗎？」她問道。

「當然可以，」副族長回應道，「來，妳跟雪鳥還有螺紋皮一起去。」

雪鳥朝陽照友善地點點頭，像往常一樣微跛著腳，走過來加入他們。當這隻白色母貓轉身帶隊離開營地時，陽照注意到，除了這兩位戰士之外，鷗撲也跟了過來。

哦，別又是她！

鷗撲沒有說話，而陽照當然也不打算跟她討論熾火的事，但她感覺得到，當他們走進森林時，對方同情的目光一直逗留在她身上，就像整窩螞蟻在她身上爬一樣，讓她很不舒服。

為了避開鷗撲，陽照超前狩獵隊幾步，全神貫注在自己的狩獵上，結果成功捕獲一隻正急忙躲進樹根底下的老鼠。

「跳得好欸！」螺紋皮大聲說道。

「是啊，妳真是出色的狩獵者。」鷗撲補充道，眼中依然帶著令她火大的同情目光，讓她不由得怒火中燒。

「謝謝。」陽照咬牙切齒地回應道。**如果她再想安慰我，我就……**

狩獵繼續進行。雪鳥和螺紋皮合作無間地成功抓到一隻松鼠，就連鷗撲也在停止注視陽照的情況下抓到一隻八哥。陽照心想，**塔尖爪說得對，來到外面比躲在窩裡，確實讓我感覺好過多了。**

「很順利哦，」螺紋皮評論道，「我們今晚的生鮮獵物堆應該會堆得很滿。」

狩獵隊繞過矮小的松樹叢，進入一片空地，那裡有一半被蔓生的荊棘灌木覆蓋。亞麻足和穴躍站在一旁，一臉嫌惡地盯著那堆藤蔓。

「你們怎麼了？」雪鳥跳上前去找他們。

「我們抓到幾隻鴿子，」亞麻足解釋道，這時陽照和其他隊員也走了過來，「至少穴躍抓到了他的鴿子，可是我之前沿著那根樹枝跟蹤我的鴿子。」他用尾巴指了指頭頂上方一根很長的松樹枝，「我是抓到了，但我的爪子卡進牠的翅膀羽毛裡，然後牠就掉進這片荊棘叢裡了。」他懊惱地嘆口氣，「灌木叢太密，我們根本沒辦法進去把牠拿出來。那隻可肥的呢！」

「真是笨毛球！」穴躍喵聲道，友好地用肩膀頂了頂他的同伴。

陽照瞇起眼睛往荊棘叢裡探看。她依稀看得到鴿子的灰白色羽毛，牠幾乎被纏繞的藤蔓完全遮住。「我可以進去把牠抓出來！」她大聲說道。

「什麼？」雪鳥轉向她，眼神驚愕，「絕對不行。」

「妳只會傷到自己。」螺紋皮補充道。

「是啊，那會害我覺得是我的錯，」亞麻足只短暫地用尾巴搭了一下陽照的肩膀，

「要不是我粗心，那隻蠢鴿子根本不會掉進去。」

「少一隻鴿子，又不會讓整個部族餓死。」雪鳥指出道。

「我說了我會把牠抓出來！」陽照嘶聲道。她渴望做點什麼，根本沒耐心等同伴們的批准。

說時遲那時快，陽照貼平肚子，立刻爬進荊棘叢裡，她努力扭動身子，朝藤蔓最稀疏的地方爬過去。她能感覺到荊棘刺進她的毛皮裡，但她依然繼續挺進，直到終於能張嘴咬住鴿子的翅膀。

可是等陽照拖著鴿子往後爬，想要退出時，荊棘的刺卻扎得更深，劃穿她的毛皮，甚至刺到下面的皮膚。

也許其他貓兒是對的，她心想。**但現在改變主意太遲了，我只能想辦法離開這裡。**於是她更用力地拉扯鴿子，完全無視荊棘的刺正扎進她的皮肉裡。藤蔓像活了起來，緊緊纏繞著她，她簡直成了它們的獵物，但最後還是被她掙脫出來。她蹣跚地站好腳步，將鴿子丟在亞麻足面前。

「給你，」她喵聲說道，「不客氣。」

她的族貓們只是驚愕地瞪著她，嘴巴張得大大的。陽照意識到自己現在的模樣一定很像是腦袋進了蜜蜂，全身毛髮被刮得亂七八糟，身上都是擦傷，被荊棘叢刮掉的毛都足夠做出一床臥鋪了。

「是怎樣？」她問道。

見大家還是沒反應，她索性轉身走開。

但她馬上察覺到雪鳥和鷗撲立刻跟了上來，一左一右護送她。

「妳現在就給我直接回營地，」雪鳥命令道，語氣不容辯駁，「妳得讓巫醫貓檢查一下傷口。」

「那我們的獵物怎麼辦？」陽照問道。

「螺紋皮他們會處理。」白色母貓回答。

「是啊，經過這幾天的折騰之後，妳真應該好好照顧自己，」鷗撲補充道，尾巴繞在陽照的脖子上，「妳知道妳這樣做只會讓事情更糟。」

她那不請自來的同情徹底粉碎了陽照對她僅餘的耐心。「把妳的尾巴收回去！」她不客氣地說道。

「對——對不起啦。」鷗撲往後一彈，但聽起來一點也不覺得歉疚，「我只是想幫忙而已。」

陽照懶得理她，昂首闊步地走回營地。當她走進巫醫貓的窩穴，看見影望從藥草堆裡抬起頭來，臉上露出震驚的神色時，她心裡其實還挺得意的。

「出了什麼事？」他問道，「妳被狐狸攻擊了嗎？」

「不是，是她攻擊了一叢荊棘，」雪鳥搶先回答，語氣透露著不滿，「她硬要鑽進去取回一隻掉進去的鴿子。走吧，鷗撲，我們的任務完成了。」

等到族貓們離開，陽照才坐下來，讓影望替她檢查。影望仔細嗅聞她的傷口。現在那些刮傷開始疼痛了，還有鮮血隔著毛髮滲出來。

我真希望剛剛的魯莽行為不會有這種很痛的下場，她懊悔地想道。

「妳知道嗎？這是我這幾個月來所見過最蠢的事，」影望檢查完後說道，「要是運氣不好，妳這些傷口可能會感染，然後害妳死掉。妳真的想以這麼糟糕又丟臉的方式死掉嗎？未免也太鼠腦袋了吧！」

影望個性向來溫和，這次語氣如此強烈，令陽照有些訝異。

「我沒——」她正要開口辯解。

「沒想那麼多？」影望打斷她，兩眼怒瞪她，「是沒有，這一點我看得出來。以後麻煩記住，巫醫貓光是要處理那些不是故意要受傷的傷口，就已經夠忙了，哪還有那麼多時間應付那些為了好玩才害自己受傷的鼠腦袋貓！」

罪惡感像湖面上的寒風席捲陽照全身。「我很抱歉。」她小聲說道。

「妳最好是很抱歉！」影望哼了一聲，隨後語氣才較為平靜地繼續說道：「我知道妳最近很不好過，但用傷害自己來發洩並不是辦法。妳乖乖坐著，我先用濕青苔敷在妳背上，幫妳減輕疼痛。然後再取一些新鮮的金盞花葉子，把汁液滴在傷口上。還有……看在星族的份上，別再做這種傻事了！」

等到巫醫貓離開，濕青苔的涼意滲進毛髮後，她才放鬆下來，疼痛也漸漸緩解。這時她猛然想起，自己並不是巫醫貓窩穴裡唯一接受治療的貓兒。

熾火也在！

那隻黃白色公貓正從窩穴另一頭的臥鋪裡好奇地看著她。窩穴裡有很多暗處，再加上她一直專注在自己的傷勢上，以致於先前都沒留意到他的存在。

她盯著他看，突然覺得故意受傷的這件事簡直蠢透了，更別提她現在看起來的模樣——毛被拔掉了好幾撮，再加上背上黏著一堆青苔。

「傷口一定很痛吧，」熾火過一會兒才說道，「妳為什麼非要鑽進荊棘叢裡呢？」

「我沒必要向你解釋，」陽照不客氣地說，並把頭往旁邊扭，「我不欠你什麼！」

「我知道。」熾火輕聲說道。

沉默當頭罩下。過了一會兒，陽照忍不住瞥他一眼。「你的腿怎麼樣了？」她小心翼翼地問道。

「現在說還太早，」熾火嘆口氣回答道，「我不能移動它。影望叫我服用罌粟籽來緩解疼痛，但它們讓我很想睡覺。」

儘管他們之間發生了那麼多事，陽照還是忍不住擔心他。「如果你的腿沒能痊癒呢？」她發現自己很難穩住語調，「你可能這一輩子走路都會有問題。」

熾火不安地聳聳肩。「我想得等到那個時候再去面對吧。不過沒錯，每次我一醒來就會很煩心這件事情。」

陽照氣惱之餘，也不免憐憫他，但她強壓下這些情緒。**我不該這麼在意他的，但是我還是很在意。**「你當時應該更小心的。」她對他說道。

熾火若有所思地看著她身上的傷口，過了很久才又說：「這句話我應該也可以送給妳，陽照。」

陽照差點被他逗得笑出聲，但她想起她和熾火之間的關係還沒好轉，於是又不好意思地扭過頭去。

「不過有件事妳說對了，」熾火接著說道，「我當初對妳的態度應該要更謹慎和收斂點。我看得出來妳很受傷，妳不應該承受這些。」

沉默再次籠罩他們。

又過了好一會兒，陽照鼓起所有勇氣問道：「你愛光躍嗎？」

「沒有！」熾火聽起來有些驚訝，「光躍有很多值得我欣賞的地方，但我們只是朋友。陽照，我也希望妳和我能當朋友。」

陽照突然從爪尖到全身都如釋重負了，心頭上的痛楚也減輕了不少。如果熾火不是為了追求光躍才遠離她，那麼失去他好像沒那麼難受了。「也許我們可以。」她低下頭輕聲說道。

又過了一會兒，熾火輕柔又富有節奏的鼾聲響起，迴盪在窩穴裡，陽照終於能夠放鬆下來。**再次成為熾火的朋友是什麼感覺呢？**她心想，**如果他和光躍真的只是朋友，那麼也許我們的未來還有希望。**

陽照正在打瞌睡時，另一隻貓走進窩穴，把她給吵醒了。她睜開眼睛，原以為是影望，卻發現來者是她的母親莓心。陽照做好心理準備，等著聽她母親的訓斥。對她母親而言，成為一名稱職的影族戰士是大事。她母親年輕時曾離開影族，追隨暗尾和他的同夥，結果失去了一切，包括她的女兒針尾。後來虎心帶著鴿翅和他們的小貓返回湖區的途中，偶遇了莓心和麻雀尾，於是在虎星成為族長振興影族之後，他們一家便又重回影族。陽照和她的同窩手足就是在那段旅程中出生的。而莓心常常告誡他們，服務部族這件事有多重要──包括要有好的判斷力、服從戰士守則，以及貢獻獵物。

在這三件事情裡頭，這一次我就有兩件沒做到！

莓心停下腳步，目光掠過正在打鼾的熾火，然後走上前來，坐在陽照的身邊。令陽照驚訝的是，莓心的聲音很溫柔。

「我一點也不怪妳為那些事情發脾氣。那一家子──虎星的親族總覺得自己可以為所欲為。」

陽照從沒料到會從母親口裡聽到這番話。對莓心而言，敬重族長是身為一個好的影族戰士必備的條件之一。「妳這話什麼意思？」她問道。

「這不重要，」莓心回答，顯然後悔她剛說的話，「這只不過是我心裡的一些想法而已。」

但陽照迫切需要一些能轉移注意力的事情，好忘記身上的疼痛以及熾火和光躍的事情。「拜託，告訴我啦！」她懇求道。

莓心若有所思，她舔了舔前爪，然後用爪子輕輕搔抓耳朵後才又開口：「我是說改變戰士守則的那些討論內容啊。顯然像虎星和鴿翅這樣的貓兒是受益最大的。當然，我不是灰毛，」她繼續說道，「灰毛對守則的執著太過頭了。但有時候我覺得很多貓兒並不那麼值得信任，在這種情況下，戰士守則能幫助他們做出正確的決定。」她突然停下來，「抱歉——我說得太多了。」她最後說道。

「我想我明白了。」陽照對她母親說，並親切地舔了舔她的耳朵。

母親的同情令陽照好過了一些。不過莓心的話也給了她一些值得思考的事情。光躍並沒有像她一開始以為的那樣背叛她，與熾火成為伴侶貓。但她說服熾火去冒無謂的險，這件事對整個部族來說也算是一種背叛——鼓勵戰士去冒可能受傷的風險，無異會削弱部族的力量。所以光躍還能被稱得上是一隻值得信任的貓嗎？

陽照深嘆一口氣。**我是不是應該做她的益友？我是不是應該讓她明白戰士守則有多重要？她似乎就快踏上一條黑暗的道路。我能做些什麼來改變這一切呢？**

第十九章

當焰掌從樹橋尾端跳下來，步履艱難地爬上坡，朝大集會的島中央走去時，他感覺到全身上下每根毛髮都因憤怒與痛苦而豎了起來。他不確定自己是否想跟自己族貓在一起，更遑論是跟別族的貓兒了。

當他被挑選來參加大集會時，他的第一個念頭是拒絕。但火花皮和百合心根本不容他拒絕，焰掌只能咬緊牙關，希望這一切快點結束。想到自己第二次的評鑑又不及格，他的肚子就像有膽汁在翻滾，苦澀的味道充斥著他的口腔。他一定又會因為還沒得到戰士封號而備受嘲笑。

我一定要留意上次那群見習生，絕對不跟他們坐在一起！

他滿懷希望地抬頭望向夜空，遮蔽的雲層已經消散，月亮靜靜地漂浮在樹梢之上。沒有任何跡象顯示星族可能發怒，集會能夠提早結束。

焰掌只想獨自離開這裡，好好想想部族對待他的方式有多不公平。大集會越快結束，他就越快能有時間獨處。

他跟著族貓的腳步從灌木叢裡鑽出來，走到一個陰暗的角落，盡量遠離其他貓兒，然後一屁股坐下來。他不想跟他們一起迎接別族的朋友，也不想坐下來交換八卦。

我根本沒有朋友。

虎星、兔星和葉星已經分別在大橡樹的樹枝上各就其位。棘星迅速穿過空地，跳上樹枝，找到自己的位置。只有河族的貓還沒到。

時間慢慢過去。有些貓兒開始不安地蠕動，時不時地望向樹橋的方向。橡樹上的部族族長們顯然正在互相商討事情。終於就在兔星站起來，打算不等河族貓就直接開會時，一股河族的味道從湖邊飄散過來，第一批河族貓從灌木叢裡出現。

「總算到了！」某隻貓兒大聲抱怨道。

但就在河族貓於空地上找到各自的位置時，焰掌留意到霧星並沒有和他們一起來，他們的副族長蘆葦鬚也不見蹤影，跳上大橡樹與族長們會合的是蛾翅。

好奇怪哦，焰掌心想，**而且太不公平了！如果堂堂一個部族的族長都可以懶得來參加大集會，那我為什麼非得來不可？我甚至都還不是戰士呢。**

焰掌心裡又想，**至少蛾翅看起來比他更不爽到這裡來。**

「霧星和蘆葦鬚今晚不能來，」她緊張地對著部族族長們點點頭，同時宣布道，「河族正在爆發白咳症。」她的話引發空地上貓兒們的焦慮，蛾翅趕緊補充道：「但我們已經控制住了，一切都會沒事，沒什麼好擔心的。」

跟其他巫醫貓坐在一起的赤楊心站起來。「蛾翅，妳需要幫忙嗎？」他問道，「我可以帶一些額外的貓薄荷過去。」

「謝謝你，赤楊心，」蛾翅禮貌地低下頭回應道，「不需要。我們寧可自己處理，我們有足夠的貓薄荷，都是從兩腳獸地盤上的花園採集到的。」

赤楊心垂頭回應，又坐了下來。

焰掌總覺得當兔星從樹枝上走到前面宣布大集會開始時，蛾翅看起來鬆了口氣。

「棘星，」風族族長喵聲道，「你想先宣布雷族的消息嗎？」

焰掌抬頭望過去，看到他的族長似乎愣了一下，活像心思完全不在這裡。他眼神失焦地站起來，過了好一會兒才開口說道：「雷族一切安好。」

兔星偏過頭。「也許是因為風族送去的那隻美味尖鼠？」他揣測道。

跟其他副族長一起坐在大橡樹樹根上的鴉羽發出輕笑聲，這聲音引來更多風族貓的笑聲。棘星卻只是困惑地眨眨眼，顯然完全不明白他們在笑什麼。

焰掌好奇地望向松鼠飛。**難道她還沒告訴棘星我們曾前往風族領地，提醒他們遵守邊界的規定？**

從松鼠飛對鴉羽投去的嫌惡目光來看，他猜她並沒有。此刻她跳起來，用清晰的聲音大聲宣布：「雷族的獵物充足，有足夠的食物。」

兔星眯起眼睛，好奇地歪頭看著松鼠飛，似乎意識到她是在為她的族長掩護，轉移大家的注意力，不讓他們看出棘星的茫然。於是他轉向棘星問道：「雷族還有其他消息要宣布嗎？」

焰掌感覺到其他部族的貓兒都轉頭看他。這是他最害怕的時刻，若他真的成為戰士，族長會在此刻宣布他的名字。但棘星只是搖搖頭，退了回去。

焰掌一逕盯著地面，爪子深戳進土裡。他很想找隻貓兒來出氣，很想對棘星或松鼠飛大聲嚎叫這一切的不公。但即使身處在情緒風暴裡，他也知道這麼做只會讓事情變得更糟而已。

這就是松鼠飛要我來的目的嗎?他反問自己,**也許她認為我需要好好被羞辱一番,活像我是因為不夠努力才失敗。**

但隨後他聽到松鼠飛清了清喉嚨。「雷族沒有其他消息要報告了,」她喵聲道,「但我相信很快就會有了。」

焰掌掀起嘴皮低吼一聲。**是啊,松鼠飛——妳真是幫了大忙!**

虎星接著開口,開始講起一則有點複雜的故事,說影族領地上的兩腳獸地盤來了一隻新的寵物貓,焰掌於是不再成為眾貓兒的焦點,但他仍感覺到有幾隻貓對他投來憐憫的目光。他的羞愧和尷尬在心裡不斷膨脹,直到他覺得自己快被徹底吞沒。就在他自覺再也無法忍受的時候,兔星抬高音量做出宣布。

「在上次的半月集會裡,我們所有的巫醫都去了月池,並在夢中與星族交流,向祂們呈報我們對戰士守則修改的想法。我相信每位巫醫貓都已經把消息帶回各部族,而我被選中在這次大集會上做正式的宣布。」

他停頓一下,目光掃視空地,所有貓兒的注意力都集中在他身上。就連焰掌也抬起頭,豎起耳朵仔細聆聽。

「正如你們可能已經知道,」風族族長繼續說道,「星族已經同意我們的提議,因此,從今往後,這些修改將被正式納入戰士守則。」

空地上傳來了貓兒們的眾多低語聲。焰掌多少預料到會有抗議聲,尤其是那些反對改變的戰士,但貓兒們似乎也都明白,抗議的時機已經過了。

「也因為這樣，我還有另外一件事要宣布。」兔星繼續說道：「風族戰士蕨紋已經決定離開我們的部族，加入雷族，與殼毛廝守。一想到我會失去一位戰士，我其實並不高興，但是我們已經一致同意修改守則，允許不同部族之間可以有伴侶關係，所以我無法拒絕她的請求。他們將面臨的挑戰是徵求各部族的同意，然後才能有圓滿的結果。」

空地上再次響起低語聲，有的震驚，有的贊同，但也幾乎同時被葉星的聲音打斷。

「我也收到流蘇鬚的請求了。」天族族長宣布道：「她要求離開天族，加入影族，因為她想跟塔尖爪在一起。」

低語聲更大了，焰掌感受到空氣裡激動的氛圍。他猜想有很多貓兒是已經接受了這些改變勢在必行，只是沒想到會真實發生，也沒意識到這對部族的生活將帶來多大的震盪。他自己也沒料到，竟然真的有貓兒抓住了這次的機會，更沒想到會這麼快。他好奇自己是否可能會對一隻母貓情有獨鍾到寧願離開自己的部族。

混亂中，影族的莓心站了起來，抬高音量蓋過喧嘩聲：「我知道我們已經同意讓每隻貓兒追隨自己內心的呼喚，加入新的部族，」她開始說道，「只是我沒想到會有貓兒這麼快就抓住這個機會。」

葉星低頭望向她，琥珀色眼睛帶著同情。「我已經和流蘇鬚談過了，」她安撫著這隻心有不甘的母貓，「這絕不是她輕率做出的決定。儘管她深愛天族，但她更愛塔尖爪，並願意付出一切代價與他廝守。」

莓心顯然正試圖掩飾自己的惱怒，但是尾尖仍不由自主地來回抽動。**這是當然**

的——她是塔尖爪的母親嘛，焰掌突然想起來。**這件事對她來說非常重要。**

塔尖爪搶在莓心繼續發言之前跳了起來面對她。「流蘇鬚是一隻了不起的貓，」他宣告道，「她會成為影族的資產。」

莓心轉過頭，怒瞪他。「這還輪不到你來說，」她厲聲反駁，「你的腦子跟剛出生的小貓沒兩樣！」

「夠了，」虎星從他所在的大橡樹枝上打斷道，「這些爭論應該留在我們自己的營地裡，而不是在大集會上。」

塔尖爪看起來有些尷尬，於是他垂頭向他的族長致意後，又坐了回去。但莓心仍然一動也不動地站著。

「我能理解流蘇鬚為什麼要更換部族，」她繼續說道，語氣簡慢，「對任何貓兒來說，能跟我兒子塔尖爪在一起是她的福氣。但我必須要問：貓兒們是不是太急著放棄在自己的部族裡尋找愛情的機會？要是貓兒們都因為太渴望愛情而任意更換部族，那麼再過不久他們是不是也會開始為了其他原因而更換部族？這樣換來換去，以後就再也沒有真正的部族了。」她停頓一下，聲音不再憤慨，取而代之的是很深的不安，「我熱愛影族所帶給我的驕傲。我們想做什麼就可以做什麼，不用依靠其他部族。當初為了追隨暗尾而離開部族，是我犯過最大的錯誤。如今又能成為一名真正的影族戰士對我來說意義重大，但想到我很可能再失去這一切，就令我十分恐懼。」

聽到莓心這番話，喧嘩聲漸漸消失，只剩下不安的寂靜。族長們沒再發表意見，空地上的貓群開始三兩成群，用低沉又激烈的聲音討論這隻影族母貓剛說過的話。

焰掌原地不動，仔細思索剛剛聽到的事情。如果影族可能改變，他心想，那麼雷族也可能。**這對我來說重要嗎？**他反問自己。**如果雷族不再是雷族了，又會怎麼樣呢？我們還有什麼特別之處嗎——還是在我們以為灰毛是族長的那時候，我們自己就已經把雷族魂當成一塊烏鴉的腐食扔掉了？**

「這根本就是典型的影族思維！」

這聲感嘆打斷了焰掌的思緒；他轉頭看見一群雷族的資深戰士聚在一起。說話的是刺爪，他的虎斑毛髮炸了起來，兩眼怒瞪著莓心。

「他們以為他們是誰啊？」他繼續說道，「說得好像他們是森林裡最厲害似的！」

「我覺得每個部族都自認是最厲害的部族。」白翅輕輕喵聲道，尾尖搭在刺爪的肩上試圖安撫他。

「對，可是當我們說雷族很厲害的時候，我們說的絕對是真的！」蜂紋咕噥道，「但如果其他部族把我們最優秀的戰士都偷走了，我們很快就不會是最厲害的了。」

「然後還會把那些好吃懶做或愛惹事生非的送過來給我們。」刺爪附和道。

焰掌往陰暗處躲了進去，他很是厭惡自己的族貓們，希望能避開跟他們交談，甚至躲開其他任何貓兒。他環顧四周，發現有這想法的不只他一個。在空地另一頭，他看到一隻棕白相間的虎斑母貓，他記得她就是上次大集會上見過一面的那位影族戰士——她曾跟他說，他的樣子看起來不像焰掌。此刻的她看似跟他一樣抑鬱，一逕低著頭盯著自己的腳爪。

我好奇她怎麼了。

但焰掌的注意力很快被離他更近的一些低語聲吸引。

「他是有什麼毛病嗎？」

「為什麼他還沒被封為戰士？」

「嗯，我們可以直接問他啊。」

焰掌抬頭看見一群年輕的貓兒正好奇地盯著他。他不認識他們，但從他們極瘦的身形來看，他認為他們應該是風族貓。

焰掌當然不會回答他們的問題。他站起來，沿著灌木叢的邊緣悄悄前進，直到一處狹窄的缺口，可以通向灌木後方、俯瞰湖面的一小塊地。這裡很安靜，可以坐著沉思，但他卻聽到灌木叢沙沙作響，有另一隻貓兒也鑽了出來。

「這個地方被我佔了，」他頭也沒抬地厲聲說道，「所以快走開，可以嗎？」

「這地方又不是你的，」一個不耐煩的聲音回應他，「我跟你一樣也有權利待在這裡才對。」

焰掌轉過頭，看見那隻棕白相間的影族母貓，她的表情既憤怒又悲傷。「對不起，」他喵了一聲，嘆口氣道，「我只是想獨處。」

「我也是。」影族貓回答，「我之前不知道有這個地方，不過這裡真適合躲起來。」她坐到他旁邊，把爪子塞在身子底下，「你是焰掌，對吧？」

焰掌點點頭。「我不知道妳的名字。」

「我叫陽照。不過老實說，我現在應該叫雨雲才對。」

「妳在躲什麼？」焰掌問她，「他們在討論為愛情離開自己的部族時，我覺得妳看起來有點不太高興。」**也許這就是她的問題？**「是不是……呃……跟這件事有關？」他猶疑地問道。

「有那麼明顯嗎？」陽照反問，有點尷尬地舔了舔胸毛。焰掌本以為她不會回答，她不會想跟一隻完全陌生的貓兒分享自身感受的。但是過了一會兒，她竟輕輕地聳了聳肩，繼續說道：「我原本以為我會和熾火成為伴侶貓，但現在他退縮了，而且整天跟那個曾經是我最要好的朋友走在一起。但他們說他們不想成為伴侶貓，我是相信他們啦，但我也同時失去了我的朋友和我所愛的貓兒。」

「那真的很不好受。」焰掌同情地低聲說道。

「還不止這樣，」陽照接著說，「我剛剛才發現，我哥哥塔尖爪原來一直偷偷跟天族的流蘇鬚交往，卻從沒告訴我。而我的父母非常生氣——特別是莓心。」

「情況本來可能更糟的，」焰掌說道，「因為塔尖爪也可能離開自己的部族，跑去對方部族住啊。」

「我知道啊，」陽照嘆了一口氣，「但如果流蘇鬚過來我們這裡，塔尖爪就會忙著照顧她，不會再想到我，而我的父母也會因為太生氣而不想跟我說話。我覺得自己好孤單哦。」

「不意外，這真的很糟。」焰掌覺得他心裡又升起一股怒火，但這次不是為了他自己，而是為了這隻被嚴重背叛的影族母貓，「也許我們也應該像流蘇鬚和蕨紋那樣，」他半開玩笑地提議，「去別的部族找隻貓兒來相愛，然後離開自己的部族。」

陽照哼了一聲。「我懷疑我母親能否接受這種事，」她喵聲道，「流蘇鬚要來影族跟塔尖爪在一起就已經夠糟了。你剛才也聽到莓心說的話了——你知道她是我們的母親吧？我敢打賭她根本不想有天族的親族。也不是說天族有什麼不好，但顯然我們的母親更希望塔尖爪能在我們自己的部族裡找到伴侶貓，就像我原本想跟熾火成為伴侶貓一樣。但看來我們都得不到我們想要的。」

焰掌同情地看了她一眼。「那是熾火的損失，」他斬釘截鐵地說道，「我對妳不是很了解啦，但妳看起來是一隻很棒的貓。」

「謝謝你。」陽照抬頭看著他，感激地眨眨眼睛，「你真好。不過你為什麼要待在這裡？」她頓了片刻後才又補充道，「你有什麼煩惱嗎？」

「我評鑑沒通過，」焰掌承認道，「而且是第二次了。但我真的認為那不是我的問題，可是松鼠飛還是說服了我的導師不讓我及格。」他因沮喪而縮張著爪子，「這太不公平了！我知道我有能力勝任戰士，但現在還是被困在見習生的身分裡。」將這些話說出口，只是令焰掌感受到的痛苦更為劇烈。他不禁懷疑自己還能不能繼續忍受，「如果我再失敗一次，」他承認道，而且多少驚訝自己接下來要說的話，「我想我可能就不想再繼續待在這個部族了。」

「這太離譜了。」陽照的聲音裡頭充滿理解，絕不像是母貓哄著腳上扎到刺的小貓那樣一味地袒護，「但我相信你下一次一定會及格，到時你就可以把這些事情都拋到腦後了。」她停了一下，然後又補充道：「不過你現在有權感到憤怒。」

焰掌凝視著她。在他部族裡從來沒有任何貓兒對他說過這些話。**他們全都表現得好像都是我自己的錯。**但是這裡有一隻來自不同部族的貓兒真正看見了他，明白他正在經歷什麼。**能被理解的感覺真好，但她是影族貓，我恐怕再也沒機會跟她說話了。**

他的喉嚨感覺像被堵住一樣，但還是勉強低聲說出了那句話：「謝謝妳。」

第二十章

明月高掛在山丘之上，銀色月光灑落在雜草蔓生的荒原草地裡，霜掌正與水花尾並肩前往月池。

「妳確定不需要其他巫醫貓陪妳？」他溫柔地問她的意見。

霜掌多想回答：「不確定。」然後飛奔回河族營地，她那安全的窩穴裡。一想到自己必須做的事情，就覺得好像背上扛著一隻狐狸那般沉重，但她知道自己沒有退路。

「我必須去，」她嘆了一口氣回答道。暮毛、捲羽和蛾翅都一致認為，如果她能趁大集會期間前往月池，被其他貓兒發現她行蹤成謎並起疑的可能性就會降低很多。如今河族亂成一團，沒有任何一隻貓兒能真正掌控大局，她也覺得自己沒有權利反駁他們的提議，「我必須為我們的部族做這件事。」

「妳說得對，但這真的不容易。」水花尾同意道。

「是啊，在我們想出怎麼選新族長之前，我們不能讓別族貓兒知道我們出了什麼事，」霜掌繼續說道。她看向水花尾，心想是否該謝謝他最近那麼挺她。他們自小就是朋友，可是一想到在搜找蘆葦鬚的過程中，他曾經對她出言不遜，心裡還是隱隱作痛。

也許就是那次讓他意識到我是有能力的，她暗自想道，「只有我能跟星族對話，找出我們的新族長應該是誰。只是……萬一我沒做到呢？」霜掌試圖驅散的恐懼再次湧上心頭。她覺得自己就像要在洶湧的惡水裡站穩腳步，「要是星族真的傳遞了訊息給我，而我解讀錯了呢？我只是個見習生，但我說的話卻可能影響整個部族長達好幾個季節。」

水花尾把尾巴搭在她的肩上安慰她。「妳應該相信妳自己，」他告訴她，「妳是個聰明又有才華的巫醫見習生，星族不會指引錯的。」

霜掌對他的話充滿感激，只能希望他是對的。無論如何，她都別無選擇，只能去嘗試。**再說，**她堅定地告訴自己，**我們的部族裡有許多值得信任的戰士，他們都希望河族能夠成功。我相信無論我選定的是誰，一定都能做好準備，迎接挑戰。**

霜掌和水花尾終於爬上岩坡，在一排灌木叢旁邊停下來，它剛好橫擋住通往月池坑地的那條入口。

「你得在這裡等我，」霜掌對水花尾說，「剩下的部分我得自己完成。」

「沒問題。」水花尾坐下來，用尾巴圈住自己的爪子，「反正祝妳好運。我會在這裡等，有需要就叫我。」

霜掌低下頭表示感謝，朋友的支持為她帶來了暖意。她鑽進灌木，出來之後，先在蜿蜒小徑的頂端稍作停留，眼前的美景令她屏息。她從未見過月圓下的月池。瀑布宛若流動的水光，池水表面閃爍不定，月亮和星星的倒影碎在水波紋裡。

霜掌抖了抖身上的毛。**我不能像剛睜開眼的小貓那樣呆呆站在這裡看啊！不過要我說，星族啊，我真的很高興能見到這幅美景！**

她在驚嘆和敬畏下不由自主地打了個寒顫，然後就沿著蜿蜒的小徑走下去，感覺爪子不斷滑進古早以前貓兒們留下的足印裡。獨自走在這裡的感覺有點怪。本該是蛾翅或赤楊心在前方帶路，或者有松鴉羽一路嘟囔抱怨，但此刻只有她在廣袤的寂靜和夜空的閃爍下走向池邊。

霜掌坐在月池邊，全神貫注地讓自己的心平靜下來，好與星族溝通。她閉上眼睛，深吸幾口氣，在心裡向她的戰士祖靈召喚。當她向前傾身，用鼻尖輕觸冰涼的池水時，她確信耳畔聽到了某種低語，但聽不清楚低語的內容。

時間慢慢過去，霜掌一動也不動，竭盡全力用所有感官去捕捉任何來自星族的訊息。有一瞬間，她似乎聽到頭頂上方傳來微弱的聲音，但那聲音沒有再出現。最後，她只能相信那可能只是一隻小鳥或某個小動物在草叢中窸窣作響。

感覺像過了好幾個月之久，霜掌終於忍不住向後靠坐下來，失望地垮下肩膀。**星族真的沒有話要說嗎？還是祂們只是不想跟我說？**

她不禁納悶，要是她回到營地，卻沒帶回任何來自星族的對話內容，她要如何跟他們解釋呢？他們又會怎麼看她？最後會不會只剩下水花尾對她的巫醫貓能力有信心？

焦慮從霜掌的耳尖傳遍全身，直到尾尖，但她已經無計可施。她站起來，身體因長時間蹲在水邊而有些僵硬，然後才沿著蜿蜒的小徑慢慢往上爬，準備去找水花尾。

但就在她往上爬的路上，竟瞄到小徑旁的草叢裡有一個白色的東西。**那是什麼？**她緩步上前，仔細打量，這才發現是一根羽毛。一根捲曲的羽毛。

霜掌低下頭嗅聞羽毛，然後舔嚐空氣裡的味道，但她只聞到四周野生百里香的香味。她再次凝視著這根小小的白色羽毛，好似在邊緣處隱約看見霜白的光芒。

突然間，霜掌明白了自己所看見的東西，她的胸口突然一陣收緊，呼吸在喉間變得急促起來。

星族不僅會通過夢境和異象來跟我們溝通……也會透過各種徵兆來指引我們。而這就是一個徵兆！星族已經告訴我了。

這徵兆再明顯不過。星族將這根捲曲的羽毛放在霜掌一定會發現它的正確位置上。它唯一可能的指示就是捲羽。霜掌的母親命中注定成為下一任河族族長！

霜掌愣在原地好一會兒，彷彿成了一隻冰雕的貓兒。一部分是因為驚訝，但更多的是如釋重負的感覺，令她突然無法動彈。捲羽那麼能幹，她一定能帶領河族，就像她生了霜掌和同窩手足之後那樣帶領著我們。**我再也不用自覺必須擔起大任，因為我知道我可以信任捲羽。哦，星族，謝謝祢們讓一切都恢復正常！**

霜掌離開那根羽毛的位置，興奮地沿著小徑飛奔而上，蠕動身子鑽出灌木叢，去找正耐心等候她的水花尾。

「怎麼樣？」水花尾問道，「找到妳要找的答案了嗎？」

霜掌用力點頭。她很想把一切都告訴他，把這美好的消息分享出去，但她知道自己不該這樣做，「我必須先告訴蛾翅，」她解釋，「再由她向全部族宣布這個消息。」

還好水花尾沒有追問。「沒問題，」他喵聲道，「我們趕快出發，免得太晚。」

等到霜掌躍過小溪，爬上河岸，進入河族營地時，已經累到還以為自己的爪子會掉下來。這時天空已經泛白，黎明即將到來，除了正在站崗的豆莢光之外，空地上並沒有其他貓兒的蹤影。

「他們從大集會回來，應該正在補眠吧，」水花尾一邊說，一邊打了個大呵欠，「我也去睡了。」

「謝謝你陪我一起去，」霜掌喵聲說道，用鼻子碰了碰他的耳朵，「回頭見。」

霜掌匆匆穿過營地，跳到巫醫窩穴外的小石灘上，蛾翅剛好走出來，在清晨的寒風中邊眨著眼睛邊發抖。

「我成功了！」霜掌興奮地宣布，「星族已經告訴我誰是新的族長了。」

蛾翅抽動耳朵，甩掉頭上那片青苔。「是誰？」

「是捲羽！」霜掌驕傲地宣布。

她原本以為她的導師會稱讚自己，但蛾翅看起來有些驚訝，甚至狐疑。「捲羽……」她喃喃說道，「這倒是……沒想到。」

「妳認為該是其他族貓嗎？」霜掌焦急地問道。還有哪隻貓兒比捲羽更適任呢？

「倒也不是，我只是……沒有啦。」蛾翅的語氣聽起來有點不自然，「妳確定這是星族的意思？」她停了好一會兒才又繼續說道，「祂們有時候可能會有點含糊。妳有沒有可能把祂們的意思詮釋偏了，才說妳母親應該當族長？」

「我沒有！」霜掌憤怒地反駁，她很不高興蛾翅竟然懷疑自己會刻意曲解星族，偏袒捲羽，「星族根本沒有跟我直接對話。但祂們給了我一個徵兆——在通往月池的小徑旁，有一根捲曲的羽毛。這麼清楚的徵兆，還有什麼好懷疑的？」

蛾翅仍然狐疑地搖搖頭。「妳可能不知道一件往事，我哥哥鷹霜曾經在河族巫醫貓的窩穴外放了一片飛蛾的翅膀，利用這個來讓我當上見習生。自從我知道了那件事情之後，我就一直覺得我們不應該太過分相信徵兆。」

霜掌的心開始狂跳，很是驚恐竟然有貓兒敢偽造徵兆，也為她的導師懷疑她撒謊而覺得受傷。「妳認為是我把羽毛放在那裡的？還是這全是我編的？」

「當然不是，」蛾翅立刻安慰她，「我相信妳的誠實，但我認為妳應該再好好想清楚。在我們告訴族裡其他貓兒之前，妳得確保自己是百分之百地肯定，就這樣而已。」

霜掌猶豫了，她雖然很生氣但又不敢發作。**蛾翅不跟星族溝通，所以這一切只能靠我自己。她卻還說我做得不對！**但她沒有勇氣把這些話說出口，也不願和這位仍受到她尊重的導師吵起來，即便心裡有再多的不滿。

「好吧，」她終於答應，「我現在累到不行，正好看看星族會不會託夢給我。」

她走進窩穴，蜷縮在自己的臥鋪裡。漫長的旅途令她筋疲力盡，她放鬆下來，任由睡意像一層暗色毛皮一樣將她裹住。

幾乎就在那瞬間，霜掌發現自己又回到了月池。但這一次，池塘周圍的地面以及整個谷地四周都覆滿捲曲的白色羽毛。正當霜掌出神地凝望這些羽毛時，它們竟都飛向天空，化身成一群鳥兒，像暴風雪似的在她頭頂盤旋。

一個清楚的聲音從天空傳來：「霜掌，要對自己有信心。」

霜掌半夢半醒地輕嘆口氣，滿足地說：「這答案再清楚不過了。」說完她就鑽進臥鋪深處沉睡了。

第二十一章

「用力推！」

「加油，流蘇鬚！」

「妳辦得到的！」

陽照在旁觀望那隻來自天族的棕斑白色母貓——流蘇鬚正費力地將地上的一根樹枝推出影族營地。年輕的影族戰士們都興奮地跳上跳下，大聲地為她加油。陽照心想，很明顯，他們只是沉浸在當下這個瞬間，完全沒考慮到這對各部族真正意味的是什麼。**如果他們真的好好想過歡迎一隻天族貓加入部族的這件事，恐怕就熱情不起來了。天族才在湖邊住了幾個季節而已。我們對他們的了解有多少？**

加油得最起勁的自然是陽照的哥哥塔尖爪，而他當然完全明白這意味什麼。這個體力測驗是針對要更換部族的貓兒所做的一場考試，藉此來決定是否能加入另一個部族。要是流蘇鬚成功通過這場考驗，她就能被影族接納，正式成為塔尖爪的伴侶貓。

那根樹枝很沉重，當初被拖進營地裡當作考試工具時，是靠三到四位戰士才合力搬進來。流蘇鬚必須使盡力氣才能推動它，尤其得從營地中央推到營地外圍的灌木屏障那裡，這中間還有一道上坡路。

大部分的族貓都在空地上觀望。虎星站在貓群前方，從表情上看不出來他內心的真正想法。跟流蘇鬚一同來到影族營地見證這場考驗的天族副族長鷹翅的表情，對陽照來說，解讀起來就容易多了。他的目光滿是不贊同，顯然希望流蘇鬚失敗，或者可以自行清醒過來。

流蘇鬚好不容易才把樹枝推到坡頂。而在她把樹枝從灌木叢邊緣推過去，直到它完全消失之前，遇到了幾次小阻礙，但後來陽照就聽見樹枝從斜坡另一頭滾落下去，砰砰作響的聲音。

氣喘吁吁的流蘇鬚眼裡閃著勝利的光芒，轉身跑回營地中央。虎星上前迎接。

「流蘇鬚已經成功完成這項挑戰。」他宣布道。

年輕的影族貓兒們全都歡聲雷動，塔尖爪衝上前去，用鼻子碰了碰他心愛的貓兒。但不是所有貓兒都對這個結果感到高興。陽照看到她母親莓心正跟一小群年長的貓兒站在一起，他們全都搖著頭，彷彿發生了什麼很糟的事。陽照慢慢靠近，想聽聽看他們在說些什麼。

「這真是太糟糕了，」莓心低聲說道，「我從沒想過會親眼目睹這種事。」

「這有什麼糟糕的？」褐皮問道。

「唉，妳可能不這麼認為，」莓心上下打量這隻玳瑁色母貓，陽照這才想到褐皮是在雷族出生，而且還是雷族族長棘星的姊姊，「只是我一直以為塔尖爪會跟影族母貓結為伴侶貓……我甚至有想過幾隻合適的母貓，他們以後一定會生出漂亮的影族小貓。但現在……」莓心甩了甩尾巴繼續說道，「我的親族裡頭竟然會出現半族貓，而他們的媽媽永遠都會留一隻腳在天族。這一切全拜這個愚蠢又虛晃一招的考驗之賜！」

褐皮似乎忍住了嘶聲低吼的衝動，一聽完，她便趾高氣揚地轉身離去。陽照目送她的背影，心想褐皮在她出生之前就從雷族那裡過來加入影族。**她鐵定不喜歡聽到這些關於半族貓的說法。**

「莓心，」陽照的父親麻雀尾喵聲說道，「也許我們應該放下這件事——」

但雪鳥打斷他。

「妳為什麼覺得這種考驗只是虛晃一招？」她問道。

麻雀尾看起來有些無奈，莓心則是不滿地冷哼一聲。「首先，這根本太簡單了。就連最年輕的見習生都知道怎麼清理窩穴裡的雜物。把一根樹枝推走會有多難？而且妳有沒有看到流蘇鬚在開始推之前先做了什麼？她折斷一些會拖慢她速度的小枝條，讓樹枝變得更光滑，更容易推動。」

但那不算作弊啊，陽照心想道，同時看見麻雀尾也起身走開。**那只是常識而已。也許我們應該為有一個像流蘇鬚這樣聰明的戰士加入我們的部族而感到高興。**

「考驗的最後一段是在坡頂的平坦地面上，」莓心繼續說道，「只要她把樹枝推過灌木叢後，它就自動滾到下面去了。這整個主意簡直爛透了！」

「如果真是這樣，」草心喵聲道，表情滿是疑惑，「虎星為什麼會同意呢？難道他有什麼地方很偏心嗎？」

「我怎麼知道他腦袋在想什麼？」莓心憤怒地聳了聳肩，「也許他只是想從天族那裡搶走一個戰士。也或許是因為小花楸和小樺才剛出生，他們那麼小又那麼脆弱，他想要再多一個成年戰士來幫忙保護他們。誰知道呢？但我可以告訴你們一件事：如果是影族戰士想離開，我懷疑他不會那麼冷靜。到時他就會明白這種更換部族的做法會造成多大的傷害。」

她四周的貓兒都傳出附和的低語聲。「但我們能怎麼辦？」雪鳥問道。

「當初戰士守則禁止這種事必定是事出有因，」莓心回答，「也許這些部族只需要被點醒。」

點醒？陽照退到聽不到的地方，她一點也不喜歡這話背後的意涵。她母親說話的語氣，彷彿是打算計畫製造一點麻煩。在歷經了跟灰毛有關的那一切之後，陽照覺得虎星應該有必要立刻知道這件事，才能及時阻止它的發生。

但我真的能這樣告發莓心嗎？陽照反問自己。**看在星族的份上，她可是我的母親啊！**她想起自己當初是如何說出有關光躍的真相，結局卻很糟糕。如果她當時閉上嘴巴，就不會跟自己最要好的朋友吵起來，也不會得罪族長。

再說，陽照最不願做的就是害莓心惹上麻煩，萬一她的判斷是錯的呢？搞不好她的母親只是在發洩情緒，並不真的打算做什麼。

陽照記得熾火曾取笑她太過一板一眼。但她又想，**萬一莓心真的做了什麼，而我卻知情未報，我會作何感想呢？**

從陽照當上見習生的第一天起，她就被教導對部族的忠誠必須高過於對親族的忠誠。如果莓心真的在計畫像灰毛那樣的邪惡陰謀，那麼虎星就必須知道。告訴他才是對的。至於他要怎麼處理這個情報，那是他的事。

陽照深吸一口氣，做好準備，隨即四下尋找虎星。不久，她就看到族長站到一旁，正自豪地看著圍繞在流蘇鬚身邊的年輕貓兒們，他們都在祝賀她的成功。

這是找他說話的最好時機。

陽照慢慢朝她的族長走去，清了清喉嚨。「你有空嗎？」她靦腆地問道。

「當然有，」虎星低下頭回答，「我永遠都有空跟我的戰士們談話。怎麼了？」

陽照想說的話已經到了嘴邊，就像枝頭正要振翅飛翔的鳥兒。可是當她看到母親站在營地的另一頭，又瞥見塔尖爪正興高采烈地讚揚著流蘇鬚時，她的喉嚨忽然發乾，話也跟著卡在嘴裡。

要是我把聽到的告訴虎星，莓心會有什麼下場？他會懲罰她嗎？將她流放嗎？那塔尖爪又該怎麼辦？如果虎星認定我們的母親是叛徒，他會不會也這樣認定塔尖爪？

陽照想像得到，虎星可以藉由拒絕流蘇鬚加入影族來懲罰塔尖爪。於是她反問自己，**我這樣做有任何正當理由嗎？畢竟我真正知道的內情又有多少？**

當陽照偷聽到母親的談話時，那時母親還沒制定任何具體計畫。如果她現在就跟虎星說出自己的懷疑，憑藉的證據卻僅是母親對跨族伴侶的反對，那只會害她顯得很蠢。**我可不想再惹虎星不高興！**

虎星仍在等她開口，鬍鬚已經開始不耐地抽動。「怎麼樣？」他催促道，「趕緊說出來啊！」

「哦……呃……我只是想參加下一次的狩獵隊。」陽照索性這樣說。

虎星盯著她看，活像她突然多長出了一個腦袋。「就這樣？」眼前的陽照只能點頭，他也只好說：「行啊，去告訴苜蓿足就可以了。」

「謝謝你，虎星。」陽照勉強擠出一句話。

「妳還好嗎？」虎星問道，「我知道妳最近日子不好過。」他猶豫了一下，然後有點尷尬地補充說：「如果妳需要談一談……」

陽照一想到要跟向來以缺乏耐性而著稱的族長傾訴自己的心事，就倍感壓力。「我沒事的，虎星，」她急忙向他保證，「但還是謝謝你。」

她匆匆跑開，覺得自己可笑極了，只希望族長不會覺得她是個鼠腦袋。

陽照朝著生鮮獵物堆走去，希望能靠一隻美味多汁的老鼠來讓自己心情好過一點。但就在她剛坐下準備進食的同時，莓心突然出現在她身邊。「妳還好嗎？」她問道。

陽照抬頭看著她，不免心生提防。**她看到我跟虎星說話了嗎？她知道我剛剛打算要告訴他嗎？**

「我很好啊，」她勉強回應，「怎麼了？」

莓心朝她俯身。「我很清楚妳在想什麼，」她低聲道，「我是妳母親，我比妳更了解妳自己。我注意到妳在聽見我和其他貓兒交談時的表情——妳看起來很心煩。」

陽照只覺得全身肌肉繃緊，等著她母親指控她向虎星告密。但幸好莓心什麼也沒說，只是站在那裡，歪著頭，用一種期待的神情等待她的回答。

「在各部族經歷了那麼多事情之後，」陽照微微點頭回應，「我只希望大家都能和平相處。」

莓心斜睨了她一眼，目光帶著嘲諷，讓陽照覺得自己剛才說的話好像太過天真。

「我也希望如此，」莓心喵聲道，「但如果妳真的有聽到我和其他一些貓兒的談話，我相信妳也會同意我們的看法，我們是為了部族好。畢竟妳也希望影族能夠變得更強大和團結，不是嗎？」

「當然啊。」

「那麼下次何不一塊參加討論？」莓心建議道。她的聲音平和，但不知怎麼搞的，竟讓陽照從爪尖到尾尖都感到一陣寒意，「我們只是想保護我們所熟知和熱愛的影族——妳應該也同意吧？」

陽照默默地點點頭，卻覺得越來越不安。

「那就加入我們吧，」莓心喵聲道，「妳可能會喜歡妳所聽到的。」

第二十二章

焰掌悄悄地踩著如青苔般柔軟的步伐，幾乎不敢喘氣。他輕輕掠過林地，小心翼翼地不發出任何聲響，全神貫注於風向的變化，或者任何可能暴露行蹤的聲音，譬如酥脆的枯葉聲響。

他知道，百合心和松鼠飛會在附近監看他，但他希望他正在追蹤的那隻兔子沒有發現他。他已經看到兔子離開洞穴，鼻子不停顫動，想要尋找美味的食物。他在長草叢裡貼平身子，這時兔子往前一跳，鼻子埋進一簇鮮綠的葉子裡。於是乎，他繞到另一側，往洞口走去。

感謝星族，幸好我夠瘦，他心想，**剛好塞得進去**。

焰掌走到洞口，轉過身先把尾巴塞進洞裡，然後身子後退，擠了進去，直到拉開跟洞口的距離、退到不會被兔子看見的地方，才安頓下來耐心等候。不久，他就聽到兔子的爪子在地上拖著腳走路的聲音，還有酥脆的枯葉被踩碎的最後聲響。

然後聲音停止了。焰掌在黑暗的洞穴裡什麼也看不到，但他猜那隻兔子已經聞到他的氣味，不過太遲了。他全力向前衝，直接撞上獵物，尖牙戳進牠的脖子。

兔子奮力抵抗，用寬大扁平的腳爪猛擊焰掌的腰腹，但焰掌堅持住，咬合得更深，並用力搖晃兔子，直到牠癱軟為止。

「感謝星族賜予我們這隻獵物。」焰掌氣喘吁吁地說道。

但是要把死兔子從洞穴裡拖出來比他想像得難。兔子很重，而且對他來說體型太大，以至於無法在狹窄的通道裡讓自己先擠到前面去，只好從後面用力往外推，最後才氣喘如牛地成功將兔子推到洞穴外面的陽光底下。

百合心從附近的蕨葉叢裡跳出來，眼裡閃爍著興奮的光芒。「好聰明哦！」她驚呼道，「這點子真好，而且潛行的技術太棒了！」

「謝謝。」焰掌回答。她的稱讚令他感到溫暖，可是當他問出那個無可避免的問題時，卻開始忐忑不安。他太害怕聽到答案了。「這是不是代表我及格了？」

百合心回頭看了一眼，焰掌發現松鼠飛正在附近的樹叢邊徘徊。副族長慢慢走過來跟他們會合，然後站定不動，打量著焰掌和那隻死掉的兔子，這一刻似乎無比漫長。

「星族老天，我說焰掌……」松鼠飛終於開口說道，「你真的很愛用一些怪招來做事，對吧？」

焰掌的心臟不再狂跳，反而覺得快停止跳動了。**她是在告訴我，第三次的評鑑又不及格了嗎？**

松鼠飛神情放鬆了下來，綠色眼睛閃過一絲幽默，然後點點頭。「我覺得這次算通過了，妳覺得呢，百合心？」

「我也覺得通過了。」百合心同意道，「焰掌，做得好。我知道你一定會成功。」

焰掌恨不得像小貓玩青苔球那樣興奮地跳上跳下，發出激昂的尖叫。但他知道戰士不會這麼做，於是他試著用莊嚴的態度向他的導師和副族長垂頭致意。「謝謝妳們。」他喵聲說道。

「焰掌，我希望你明白我之所以對你嚴苛，是因為我知道你很有潛力，」松鼠飛告訴他，「我不希望你甘於平庸。現在你已經證明自己會成為一個聰明又有膽識的戰士，你會是雷族的驕傲。」

焰掌重申他的感謝。但他其實很想上前爭辯，他在之前的評鑑就已經證明了自己的價值和能力，但他將這個念頭壓下去，只單純為終於當上戰士而高興。

「你最好快回營地去，」松鼠飛接著說道，「我和百合心會幫你把兔子帶回去。牠太大了，一隻貓搬不動。」

焰掌想保持冷靜和自持，但他的自豪和內心如釋重負的感覺，令他的腳爪奇癢難耐。他穿林飛奔地抵達岩坑，急著把消息分享給族貓。他衝進荊棘隧道，奔進營地。

「我成功了！」他大聲喊道，「我及格了！」

他的姊姊雀光正在育兒室外面和點毛的小貓們玩，聽到他的聲音後抬起頭來，隨即飛奔過來找他。

「恭喜你！」她喵嗚道，親暱地用鼻子蹭蹭他的肩膀，「快告訴我，你是怎麼成功通過的？」

「嗯，」焰掌開始說道，「有一隻超大的兔子……」

他在講述這段經歷時，越來越多族貓走過來向他道賀。松鴉羽是第一批過來道賀的其中一隻貓。他對焰掌簡慢地點了個頭。「早該及格了。」他沙啞地說道。

「一隻大兔子，是嗎？」雲尾舔了舔嘴巴，「今晚部族有大餐吃了。」

「幹得好，小夥子，」獅焰稱許道，琥珀色眼睛閃閃發亮，「你一定會成為一名出色的戰士。」

看到他們為他這麼高興，焰掌從耳朵到尾尖都感受到了暖意。他之前還擔心除了姊姊以外，族裡的其他貓兒根本不在乎他能不能及格。更高興的是，他看見他母親火花皮正擠過貓群，用一種稱許的目光注視著他。

「所以你過關了！」她喵聲道，「焰掌，我很為你感到驕傲。」

「謝謝妳。」焰掌回答，突然覺得自己跟母親很親，已經好久沒有這種感覺了。

「我就知道你能辦到，」火花皮繼續說道，「畢竟你是火星的後代。在你的血液裡，本來就注定成為技藝高超的狩獵者。」

焰掌突然胸口一陣縮緊，彷彿無法吸到足夠的空氣。他厭倦了自己被告知必須走在某條既定的道路上，只因為火星是他的祖先。再說他也不是因為他是誰誰的親族才通過評鑑的。他能通過，全憑自己的努力付出。

火花皮難道真的沒注意到我花了多少時間練習嗎？我不斷鍛練體力，盡可能學習更多的戰鬥和狩獵技巧，而且我也做完了見習生該做的工作，所有雜事我都包辦了，只因為我是唯一的見習生。

焰掌不免好奇他母親要到什麼時候才能肯定他的努力，而不是將一切都歸功給某個他從未見過的遠祖。但答案似乎是，永遠不會有那麼一天。

他們甚至幫我取了一個跟火星相關的名字，儘管我的毛色是黑的。

他的親族似乎認定這是代表對他的重視，但他卻覺得自己像被囚禁的老鼠，困在他們的爪子下。又或者說，自己好像每天都走在一大片陰影底下——那位偉大的族長火星所投下的陰影。

「太陽快下山了，」火花皮繼續說道，似乎完全沒注意到焰掌的感受，「我們明天一定得為你舉辦戰士命名大典。」她迅速舔了舔焰掌的耳朵，「你一定等不及了吧！」

焰掌試圖重新找回先前的那股興奮情緒，但有點難。他感覺自己正在成為一個只因他是火星後代而受到看重的部族戰士，但他真正的樣子卻被拒絕看見。**這將是我身為見習生的最後一夜——但我一點也不期待明天的到來。**

✦✦✦

「所有年紀大到能夠自行捕獵的貓兒，請到擎天架下方集合，開部族大會！」棘星的聲音響徹整座營地。正在見習生窩穴外等候的焰掌緊張地縮張著爪子，隨即起身走到營地中央。

太陽剛剛越過岩坑上方，來到樹林的頂端。黎明巡邏隊已經回來，雖然松鼠飛已經安排好第一批狩獵隊，但還沒有派他們出發。

此時族貓們開始聚集。雲尾、亮心和蕨毛從榛樹叢形構成的長老窩穴裡鑽出來，找到一片陽光照得到的地方，舒服地躺下來。點毛和黛西並肩坐在育兒室的入口處，而點毛的小貓們正在她們面前嬉戲打鬧。焰掌從巫醫窩旁經過時，赤楊心揮動尾巴跟他打招呼，松鴉羽也是。戰士們圍成參差的圓圈，將焰掌圍在當中。松鼠飛和百合心肩並肩站在貓群的前排。

焰掌的心開始怦怦狂跳。**這真的要發生了！**

火花皮跳到他旁邊，迅速地舔了舔他的頭和肩膀，焰掌尷尬地蠕動著身子躲開。

「我不是小貓！」他抗議道。

「今天是你生命中最重要的日子，」火花皮平靜地指出，「可不能讓你這樣邋邋遢遢的。」

焰掌重重地嘆了口氣，只能乖乖站好，讓他母親梳理。

這時雀光走了過來，用鼻子輕觸了他的鼻尖。「我真好奇棘星會給你什麼戰士封號，」她喵聲道，「也許跟你評鑑時抓到的獵物有關？或者跟你這長鬍鬚有關？」

焰掌完全不知道棘星會給他什麼樣的戰士封號。他甚至不知道自己想要什麼封號，只希望不要再跟「火焰」綁在一起。

棘星終於沿著亂石堆走下來，來到貓群中央的焰掌面前。焰掌迎上他的目光，看見族長琥珀色的眼裡閃爍著稱許的光芒。

「族長最重要的任務之一，就是任命新的戰士，」棘星開口道，「而今天我們要授予榮譽給這隻貓兒，他已經等候這場典禮很久了。」他轉向百合心，繼續問道：「妳的見習生是否已學會戰士的技能，並理解戰士守則的要求？」

百合心垂下頭。「他已經學會也理解了。」

「那麼我棘星，雷族的族長，向我的戰士祖靈祈求，請庇佑這位見習生。他已經刻苦學習，理解了祢們高尚的守則之道，我將他引薦給祢們，請賜給他戰士的身分。」族長瞪大眼睛看向焰掌，繼續說道：「焰掌，你是否承諾遵守戰士守則，保護和捍衛這個部族，即便必須犧牲自己的性命？」

焰掌抬起頭來。突然間所有的努力、所有的掙扎，甚至包括前兩次的失敗經驗，此刻都變得值得了。「我承諾。」他回答道。

「那麼在星族力量的見證下，我賜予你戰士封號，」棘星繼續說道，「松鼠飛告訴我，在你最後一次的狩獵裡，你展現了非凡的耐心與創造力，就像火星一樣。為了對這條血脈致上敬意，從今天起，焰掌將被封為焰心，我們歡迎他成為雷族的全能戰士。」

焰掌瞪大眼睛看著他的族長，嘴巴也驚訝得張開。他簡直不敢相信族長竟然給了他這個名字。光是名字裡有「火焰」的意涵就已經夠糟了，畢竟他是一隻黑貓。而現在棘星竟然還要把火星當戰士時封號裡頭的那個「心」字也強加給他。**他們究竟懂不懂得欣賞真正的我？**

在此同時，貓群爆發出一片贊同的呼喊聲。「焰心！焰心！」

焰掌鼓起所有勇氣，舉起尾巴示意安靜，並用嚴厲的目光掃視整個貓群。棘星的這番話對他來說再受傷不過。在這樣一個原本合該只屬於他自己的特殊時刻裡，族長卻只提到他的親族。他感覺自己的心像被冰冷的爪子刺穿一樣。

不過這只會讓我現在想說的話更容易開口。

他的族貓們似乎也察覺到不對勁，歡呼聲變得支離破碎，最後完全消失。所有貓兒都困惑地看著焰掌。

就在岩坑陷入寂靜時，焰掌挺直身子。「焰心不會是我的名字！」他大聲宣布。

貓群全都驚訝地倒抽口氣。焰掌猜得到原因：據他所知，從來沒有貓兒拒絕自己的戰士封號——尤其是在命名大典上。

松鼠飛是第一個開口的貓兒，她的綠色眼睛射出怒火。「你什麼意思？」她質問道，「竟敢拒絕你的名字！」

對焰掌來說直視她的目光卻不退縮是很艱難的。畢竟火星是松鼠飛的父親，他無法責怪她生氣。

他還沒來得及回答，棘星已經轉向他的副族長，揮動尾巴要她冷靜下來。然後又把目光投向焰掌。

「如果你不想叫焰心，那你想要什麼名字？」棘星問道。

「我還不知道，」焰掌坦言道，「我只知道我想要一個能代表自己，而不是你們的期待的那種名字。」他壓抑不住自己的憤怒，滔滔不絕地說道，「我不是火星！如果你們有留意到的話，我甚至看起來一點也不像他。我會幫自己想一個完美的名字，然後再告訴你們。」

貓兒們面面相覷，顯然不知道該如何反應。但焰掌注意到，棘星的眼裡似乎閃過一絲理解。沒有貓兒對焰掌開口說話，除了他的母親火花皮，她從貓群裡走出來，迅速來到他旁邊。

「你這樣很無禮又很鼠腦袋，」她低聲斥責，「你這麼做只會讓族貓對你反感。」

「這不公平！」抗議聲來自焰掌的姊姊雀光，「焰掌是經過了三次評鑑才當上戰士，這非常羞辱他，即便每隻貓兒都知道他早就有資格成為戰士。所以你們最起碼應該讓他選擇自己的名字！」

「戰士不能自己選名字！」松鼠飛冷冷地駁斥，深薑黃色的毛髮豎了起來。

貓群裡傳來低吼和很大的爭論聲，每隻貓兒都開始加入這場爭執。看到他害火花皮和松鼠飛如此憤怒，焰掌不禁懷疑自己是否太過分了？但他只能堅守自己的立場，視而不見周遭的騷動，繼續將目光緊緊鎖定在棘星身上，即便這樣做耗盡了他所有力氣。

他的族長依然平靜地站在這場混亂的中心點上，平和地看著焰掌。最後棘星抬高音量，族貓們才漸漸安靜下來。

「我們可以妥協，」他宣布道，「焰掌，我將賜給你一個名字，這個名字能更精確地代表你的外貌和性格，但也同時向你的祖靈致敬。焰掌，這是我們雷族的傳統——不管你喜不喜歡——但我們的確在你身上看到了火星的一些特質。」

焰掌想開口抗議，棘星卻揚起尾巴示意他安靜。「沒錯，你的毛色的確不會讓我們聯想到火焰，」他繼續說道，「而是跟你的父親雲雀歌一樣如夜色般漆黑。所以從現在開始，焰掌，你將被稱為夜心（Nightheart）。」

第二十三章

「霜掌，星族昨晚有沒有託夢給妳？」當霜掌從窩穴走出來，還在眨著眼睛適應清晨的微光時，蛾翅立刻停止梳理毛髮的動作，抬頭問道。

霜掌停頓了一會兒才回答。夢境的最後片段仍殘留在她的腦海，她不願忘記那奇妙的感覺，重新回到河族度過平凡的一天。**但今天並不是平凡的一天，**她提醒自己。**今天是我們迎接新族長的日子！**

「怎麼樣？」蛾翅的語氣裡帶著一絲不耐。

「是的，我被託夢了，」霜掌終於回答，「我又回到了月池，整片地面都覆滿白色捲曲的羽毛。真的好美！」

「嗯……所以捲羽要成為我們的新族長了。」霜掌感覺蛾翅的語調似乎有些失望，又或者是懷疑，彷彿她對星族給的這個夢境不太滿意。

她該不會是嫉妒我吧，絕對不是！霜掌心想。**她從沒嫉妒過柳光，柳光也能跟星族交流，蛾翅卻不能。**

當蛾翅再次開口時，語氣就顯得一如既往地俐落和果斷了。霜掌心想剛剛一定是她自己太腦補了。

「我們最好向部族宣布一下，這樣妳和捲羽就可以出發前往月池了。」

蛾翅沒等霜掌回應，便穿過巫醫窩穴的入口，跳上河岸，再穿過灌木叢來到營地中央。霜掌則慢慢跟在後面，一想到自己第二天又得穿越那片無盡的荒原，她只能強忍住呻吟的衝動。

等霜掌從灌木叢出來時，蛾翅已經站在高樹樁上了。「請所有年紀大到能夠自行游泳的貓兒集合，我有話要說！」她大聲喊道。

黎明巡邏隊在豆莢光的帶領下正準備出發，聽見蛾翅的召喚聲後又轉身回來。更多戰士——包括捲羽在內——都從窩穴裡走出來，打著呵欠，揉著睡眼惺忪的眼睛。苔皮從長老窩裡爬了出來，坐在入口處，開始洗耳朵。

蛾翅一看到霜掌，立刻從高樹樁上跳下來。「妳上去吧，」她喵聲道，轉動耳朵示意霜掌上去替代她的位置，「應該由妳來宣布這件事。」

霜掌往後退。「蛾翅，我不能……」她抗議道。

「胡說，妳當然可以。」蛾翅語氣尖銳，但琥珀色的眼睛卻帶著溫暖和鼓勵，「那是妳找到的徵兆。」

霜掌知道自己無法反駁，只好迅速跳上高樹樁，低頭俯看她的族貓。她立刻意識到每一張族貓的臉都在仰望她，每一雙眼睛都牢牢盯住她。

拜託星族，請幫助我完成這件事。

「河族的貓兒們，」她開始說道，卻意識到自己的聲音太尖細了，幾乎像是小貓在尖叫。她吞了吞口水，再次開口說道：「昨天在月池，星族給了我一個徵兆，然後昨晚祂們又託夢證實了這件事——那是一個跟捲曲的白色羽毛有關的夢。意思很明確：捲羽將成為河族的新族長。」

族貓們靜靜地站著好一會兒，好似需要時間來消化霜掌剛才告訴他們的消息。在此同時，捲羽一臉驚訝地轉向她，隨後露出開心和驕傲的表情。

「我嗎？」她問道，「真的是我嗎？哦，謝謝妳，霜掌。我發誓，在星族的見證下，我會盡全力成為這個部族的真正族長。」

但在她說話的同時，有幾隻族貓轉向彼此，交換著不安的眼神。貓群裡傳來疑慮的低語聲。霜掌焦急地想道：**要是他們不接受我告訴他們的事情，那該怎麼辦？**

「妳能接受嗎，蛾翅？」鴞鼻最後問道。

巫醫貓垂頭回應：「我相信霜掌的直覺以及她與星族的關係，」她喵聲道，「如果她說星族選擇了捲羽，那麼捲羽就是我們的族長。再說星族還是得先賜她九條命和族長封號來做最後的認可，要是祂們拒絕了，我們就會知道霜掌錯了。」

族貓們聽到蛾翅這番話似乎鬆了口氣，紛紛圍到捲羽身邊祝賀。霜掌的同窩手足灰掌和靄掌也自豪地用鼻子輕輕蹭她。

「如果我不能自己當，」捲羽的母親暮毛宣稱道，「那我也很高興是我的孩子當上族長。捲羽，妳是優秀的戰士，我們都相信妳。」

貓群裡響起贊同的低語聲，他們的疑慮似乎如晨霧般消散。霜掌如釋重負，領導權的問題終於解決。營地裡頭有點亂：生鮮獵物堆不像平常那麼充分，窩穴裡的臥鋪也用到快腐爛。若有一位強大的族長和一位效率十足的副族長，這一切很快都能處理好。

河族馬上就能復元，變得像以前一樣強大，霜掌告訴自己。

✦✦✦

當霜掌和捲羽緩步穿過馬場時，天空一片清澈淺藍，但陽光幾乎沒有溫度，每一根草的邊緣都結了霜。湖的對面，雷族領地裡的樹林，葉子也幾乎從綠色轉變成棕色和金色的模樣。

落葉季真的來了，霜掌心想。

「我相信妳會成為一位偉大的族長，」她對母親說，「但我好希望這個決定不是全由我來做。」

捲羽親暱地用尾巴觸碰霜掌的肩膀。「其他族貓看起來都很滿意這個結果，」她喵聲道，「而且妳也不是因為我是妳母親才選定我的，對吧？」

「不是啊！」霜掌震驚地瞪著她，「我不會做那種事！我真的有在月池旁邊看到一根捲曲的羽毛，也確實做了那個夢。我不會對我的部族撒謊。」

「當然不會，」捲羽喵嗚道，似乎對霜掌的回答很是滿意，「我向妳保證，從今天起一直到我九條命用盡為止，我一定會為部族竭盡全力。我只是希望妳能看起來對這件事更高興一點。如果妳真的看到了那根羽毛……」

「我真的有看到——但是我的決定是基於我對那根羽毛的解讀。」霜掌無法被她母親的信心感染，「我怎能確定自己是對的？」

「妳應該更相信自己一點。」捲羽的聲音充滿鼓勵，「妳的決定不只是基於那根羽毛，也是因為妳跟星族的關係才讓妳看到了那個徵兆，並幫助妳了解它的意涵。更何況星族有託夢給妳。」

「我想妳說得對，只是——」

「如果妳需要證據，」捲羽打斷她，「那麼等我從星族那裡接收到九條命之後，妳就會安心了。」

「希望如此，」霜掌喵聲道，「河族最需要的就是穩定和力量，而推舉一位像妳這樣優秀的族長一定會有幫助。我只希望一切能順利進行，越快接收到九條命越好。」

只不過霜掌私下仍有疑慮。她知道在一般情況下，巫醫貓要做的只是陪同新任族長前往月池即可。但也許這一次她需要再多做一點。捲羽從未擔任過副族長，而據她所知，星族也從未在這樣的情況下賜予一隻貓兒九條命。

蛾翅曾經告訴她，在舊森林時代，領導過影族的夜星儘管曾因對部族的暴行而被罷免，但之前也不曾接收到九條命，因為前任族長破星還活著。至於星族甚至也曾讓第二個虎星起死回生，因為他的部族需要他的領導。但這些情況都跟河族現在面臨到的問題完全不同。

她長嘆口氣。「這一切都會是新的局面。」她喃喃說道。

捲羽舔舔她的耳朵，鼓勵她。「那我很高興我們可以一起探索它。」

霜掌和她的母親來到了風族與雷族領地交界的溪流，再沿著溪流往上坡走，直至找到一處夠窄的地方跳過去。不久後，她們便離開了雷族的樹林，進入開闊的荒原。

冷風迎面襲來，霜掌的毛被吹得緊貼在身側，她的眼睛也被風吹得不停流淚。腳下堅韌的草葉很是冰冷。這條前往月池的漫長之旅令她感到畏懼，但也渴望快點抵達，好讓一切塵埃落定，這樣她就能帶著新族長回到部族。**族貓們也會因為問題獲得解決而感到寬慰。我也才能好好睡上一覺，因為部族終於有了可靠的族長。**

她們仍在努力爬上荒原的第一道坡。可是前一天的長途跋涉已經令霜掌的腿痠痛到現在都還沒恢復過來。而就在她們快爬到坡頂時，突然聽到一聲可怕的吠叫。

「那是什麼聲音？」捲羽大聲喊道。

霜掌回頭看見三隻狗正從她們剛離開的樹林裡衝出來。看到這麼龐大的生物，她當下竟驚恐地僵在原地。她看見狗兒肌肉發達的身軀包覆著斑紋色的毛皮，張著大嘴不停地嚎叫。就在這時，捲羽用力推了她一把，差點將她撞倒在地。

「快跑！」她的母親大聲喊道，「快回樹林裡！」

霜掌張大嘴巴，驚恐地看著母親。**她要我朝狗的方向跑？**

「快跑！」捲羽再次喊道，「我們得離開荒原！」

霜掌這才明白。這片開闊的地方是無處躲藏的，根本避不開這些可怕的生物——而牠們已經越來越近，正追著貓兒的氣味，一路發出低沉的狂吠聲。**我們是河族貓，不是風族貓，我們不像風族貓跑得那麼快。**

霜掌竭盡全力飛奔下坡，腹毛幾乎擦到草地，捲羽與她並肩齊奔。但樹林似乎離她們還很遙遠，但狗群已經轉向，企圖趕在她們抵達安全地帶之前攔截住。有那麼一瞬間，霜掌認定自己一定會被牠們撞上。她瞥見那幾張大嘴外露的舌頭以及那一排排尖牙。她和捲羽全力衝了過去，跑進森林裡，但狗群依然緊追在後。

這就是我們的結局嗎？霜掌心想。**河族還要經歷更多的悲劇嗎？如果他們同時失去了我們兩個，那該怎麼辦？**

捲羽繞過金雀花叢，霜掌緊跟在後，希望那些帶刺的枝葉能夠拖慢狗群的腳步。她回頭瞥了一眼，發現她們稍微拉開了一點距離，但狗群似乎憑著腿長和飛快的腳程正快速縮短距離。牠們的喘息聲和飛濺的口水只離她們幾條尾巴之近了，就連那帶著腥臭味的口氣也正淹漫過來，令霜掌一陣作嘔。

霜掌覺得自己好像跑了很久，雙腿酸痛不已，但還是竭盡全力地再加快速度。最後她們跑到一棵孤伶伶的橡樹那，橡樹的樹枝又粗又低，幾乎貼近地面。霜掌跳向最低的一根樹枝，但爪子剛擦過樹枝，就又跌了回來，她氣喘吁吁，身體因恐懼而顫抖不已。

「爬上去！」捲羽大聲喊道。

她用肩膀頂住霜掌的肚子，將她用力推上樹幹。霜掌拚命抓住粗糙的樹皮，一陣亂扒，好不容易才爬上樹枝的安全地帶。

「再往上爬！」捲羽催促她。

「妳也爬上來！」霜掌大聲回應，「才能救妳自己！」

霜掌回頭，以為會看到捲羽緊跟著爬上來。但是狗群已經追上她。霜掌驚恐地放聲尖叫，看見領頭的狗兒將尖牙狠戳進她母親的後腿。她的頭一陣暈眩，感覺整棵樹都在她眼前搖晃。

「不！捲羽！」她哀嚎道。

捲羽抬頭看她，眼裡滿是母愛和悲憤。「保護好河族！」她的聲音變成了痛苦的尖嚎，「不要相信任何一隻貓！」

隨後她就淹沒在咆哮的狗群裡。

霜掌緊閉雙眼，害怕得連看都不敢看一眼，但還是隔絕不了母親痛苦的尖叫聲以及狗群的咆哮與撕咬聲。她顫抖得幾乎要從樹枝上跌落，但她清楚眼下的危機由不得自己軟弱，只好勉強冷靜下來。

她慢慢地一步一步往上爬，好不容易爬到更高的樹枝上。接著她看到樹枝延伸到另一棵樹的枝幹上，於是小心翼翼地跨過去，然後再跨到下一棵樹。腳下的地面遠到似乎在她眼前搖晃起來。她愣在原地，緊閉雙眼。**我動不了了！我要掉下去了！**

但她仍然可以聽到母親臨死前的慘叫聲從後方傳來，她知道自己必須繼續前進。

我的母親為了救我而犧牲性命。我不能讓她白白犧牲。

霜掌強迫自己繼續往前走，直到再也聽不到狗群的叫聲。她試探性地嗅聞空氣，就連狗的氣味也消散了。她待在原地好一會兒，全身警覺，直到確定自己已經離狗群夠遠，可以安全地回到地面為止。她完全不知道自己身在何處，只知道應該是在雷族的領地裡，因為周圍全是雷族貓的氣味。

星族，求求祢們，別讓他們抓到我闖入他們的領地！

在那當下，霜掌懷疑自己是否應該繼續前往月池，直到她意識到，就算去也沒有意義了。挫敗又難過到極點的她明白，自己唯一能做的就是回家，把捲羽的可怕遭遇告訴族貓們。

不要心急，她心痛地想道。**反正也救不了她了，一切都太遲了**。

她停下來側耳傾聽，隱約聽到了流水聲，便朝那個方向走去，最後終於來到邊界的溪流岸邊。她鬆了一口氣，縱身越過溪流，再沿著溪流走到湖邊。儘管驚恐又疲憊，但仍然撐住自己，沿著湖岸繼續往前走，等到經過馬場後，才終於回到河族的領地。

霜掌跌跌撞撞地回到營地時，全身都在不停顫抖，滿身刮傷，毛髮凌亂不堪，表情悲痛。她見到的第一隻貓是正在守衛的錦葵鼻。他瞪大眼睛看著她，趕緊衝到她旁邊。

「霜掌！」他驚呼道，「怎麼了？發生了什麼事？」

「有狗！」霜掌上氣不接下氣地說道，「牠們攻擊了我和捲羽。」

錦葵鼻震驚地看了她一會兒，隨即轉身朝營地大喊：「蛾翅！暮毛！水花尾！」

他點名的戰士們全都從窩穴裡跑出來，幾隻族貓緊跟在後。蛾翅從溪流的方向趕來，迅速穿過營地跑到霜掌身邊。

「發生了什麼事？捲羽在哪裡？」巫醫貓急切地問道。

霜掌的聲音不停顫抖，她描述了她和母親在前往月池的路上被狗群襲擊的整個經過，以及捲羽是如何把她推上樹林邊緣的一棵樹，讓她全身而退。

霜掌一說完，蛾翅便急問：「那棵樹在哪？得立刻找到捲羽醫治她。」

「太遲了，」霜掌哽咽地說道，「狗群咬死她了。」那瞬間，她彷彿又回到那棵樹上，看著她的母親被狗群淹沒，耳邊迴盪著她痛苦的尖叫聲。

她的話引發了貓群的驚恐，他們倒抽口氣，發出各種抗議和不敢相信的喊叫聲。灰掌和靄掌擠到貓群前面，眼睛瞪得斗大，下顎微張。霜掌只覺得他們的聲音和其他貓兒的聲音交疊在一起，化成了悲痛的哀嚎聲。整個營地似乎在她眼前傾斜旋轉。她隱約感覺到蛾翅和水花尾正扶著她，把她送進巫醫窩穴裡，最後她倒在自己的臥鋪上。

就在窩穴外面，她聽到蛾翅和一些戰士正在討論該如何組織搜索隊去找到捲羽的屍體，將她帶回營地。霜掌在臥鋪裡縮得更小了，她眼睛緊閉，用尾巴蓋住耳朵，試圖將那些聲音以及整個世界都擋在外面。她不願相信，她的母親真的死了。

在此同時，霜掌的腦海裡不斷響起母親臨終前的那句話——在她被狗群拖倒的時候，痛苦中淒厲喊出的最後一句話：**「不要相信任何一隻貓！」**這話是什麼意思？霜掌不應該相信蛾翅嗎？還是說，她不該相信任何族貓？

正當霜掌努力想弄清楚這一切時，她感覺到有某種溫暖又軟綿綿的東西鑽進她臥鋪旁邊。她睜開眼睛，差點驚呼出聲——靄掌和灰掌偷偷溜進了巫醫貓的窩穴裡，緊偎在她兩邊。

「噓，」靄掌低聲說道，「沒有貓兒知道我們在這裡。但我們必須陪在妳身邊。」

霜掌感激地舔了舔她妹妹的耳朵。

「很難相信。」灰掌喃喃說道，「但……現在只剩我們彼此了。」

霜掌蠕動身子往她的手足挪近，最後陷入了不安的夢境裡。當她醒來時，也不知道多晚了，她發現她的手足都走了，但還是能聽到蛾翅和一些戰士在窩穴外談話的聲音，但從金紅色的天光看來，這一天即將結束。霜掌踉蹌起身，搖搖晃晃地走到外面。

蛾翅正坐在溪流邊，旁邊是錦葵鼻、暮毛和水花尾。暮毛的眼神因悲傷而黯然，尾巴無力地垂著。捲羽的死亡似乎在一天之內讓她蒼老許多。灰掌和靄掌及他們的導師風心及冰翅坐在附近。他們看起來跟霜掌一樣迷茫又悲傷。

霜掌一走出來，她的導師立刻注意到她，於是走到她身邊。「我們找到妳母親的屍體了，」她輕聲說道：「今晚我們會為她守靈，然後以部族貓的方式為她下葬。」

霜掌低下頭表示感謝，但她過於悲傷，以至於什麼話也說不出來。

「那我們現在該怎麼辦？」錦葵鼻問道，「捲羽本來應該成為我們的新族長。」

「也許我們應該像現在這樣，由幾隻貓兒共同領導，」水花尾提議道，「蛾翅，妳可以挑出兩三位資深戰士——」

「這想法太鼠腦袋了！」錦葵鼻厲聲打斷，「部族只能有一位族長。我們得等霜掌再次跟星族交談。」

霜掌驚慌地看著這隻淺棕色虎斑公貓。「我沒辦法回月池！」她哀嚎道，「別逼我去！」她的身軀疲憊不堪，四肢沉重得像石塊一樣，更糟的是，只要一想到那群狗，她就恐懼得肚子抽緊。

「錦葵鼻，你才是鼠腦袋。」暮毛輕輕地將尾巴搭在霜掌肩上，「我們不能對霜掌提出這種要求。她才剛剛失去她的母親！」

霜掌感覺到恐懼正慢慢退去，她感激地靠著暮毛的肩膀，突然覺得如釋重負，但這時蛾翅向暮毛垂下頭。「不行，」巫醫貓喵聲道，「我們現在不能讓霜掌再去經歷那一切。但我知道你們可能不想聽到我接下來要說的話，可是……」她停了下來，深吸一口氣，「是時候告訴其他部族了。我們需要幫助。」

國家圖書館出版品預行編目(CIP)資料

貓戰士八部曲無星氏族之. I, 群龍無首 / 艾琳．杭特（Erin Hunter）著；Rhythmpopfox 凱德繪；高子梅譯. -- 初版. -- 臺中市：晨星出版有限公司, 2025.08
面；　公分. --（Warriors；71）
譯自：Warriors: A Starless Clan #1: River
ISBN 978-626-420-210-7（平裝）

873.596　　114011280

貓戰士八部曲無星氏族之 I

群龍無首 River

作者	艾琳．杭特（Erin Hunter）
繪者	Rhythmpopfox 凱德
譯者	高子梅
企劃編輯	呂曉婕
文字編輯	江品如
封面設計	陳柔含
美術編輯	黃偵瑜
創辦人	陳銘民
發行所	晨星出版有限公司 407台中市西屯區工業30路1號1樓 TEL：04-23595820　FAX：04-23550581 行政院新聞局局版台業字第2500號
初版	西元2025年08月23日
讀者訂購專線	TEL：（02）23672044 /（04）23595819#212
讀者傳真專線	FAX：（02）23635741 /（04）23595493
讀者專用信箱	service@morningstar.com.tw
網路書店	http://www.morningstar.com.tw
郵政劃撥	15060393（知己圖書股份有限公司）
印刷	上好印刷股份有限公司

定價350元

ISBN 978-626-420-210-7